Red Geller

Das japanische Schwert

DAS SCHLOSS-TRIO

Pelikan

Eigentlich fing alles ganz harmlos an... Randolph Ritter, genannt Randy, und seine Freundin Michaela, die alle nur Ela nennen, erwarten ihren japanischen Brieffreund am Flughafen. Sein Name: Toshikiara – etwas für Zungenakrobaten, also bekommt er von Randy und Ela sofort den Spitznamen Turbo verpaßt.
Aber kaum war Turbo gelandet, beginnt auch schon das erste atemberaubende Abenteuer – die Jagd auf das geheimnisvolle japanische Schwert, das Turbo aus Japan mitgebracht hat.
Dieses Abenteuer macht aus den drei Freunden eine verschworene Gemeinschaft. Randy, Turbo & Co. sind immer dort, wo die „action" ist, immer zur Stelle, wenn es gilt, das Unrecht zu bekämpfen, den Schwachen zu helfen.
Viele weitere brenzlige Abenteuer hat das Trio zu bestehen. Ihre geheime Unterkunft haben Randy, Turbo & Co. in einem alten Schloß – dem „Wohnhaus" der Familie Ritter, und deshalb nennen sich die drei Freunde das **SCHLOSS-TRIO**.

ISBN 3-8144-1701-1

Gesamtleitung und Textredaktion:
AVA GmbH
Umschlaggestaltung: strat + kon, Hamburg
Innen-Illustrationen: Solveig Ulrich
Gesamtherstellung: Clausen & Bosse, Leck
Printed in Germany
Auflage 15 14 13 12 11 10 9 8 7 6 5 4 3

Inhalt

RANDOLPH RITTER (RANDY)

Eigentlich heißt er Randolph. Diesen Vornamen haßt er. So wurde aus Randolph eben „Randy". Randy ist sechzehn, geht aufs Gymnasium, ist ein mittelprächtiger Schüler und kommt immer gut mit. Sport gehört zu seinen Lieblingsfächern; danach kommt Mathe, die Begabung dafür hat er von seinem Vater geerbt. Randy hat auch schon Kampfsportarten trainiert. So kann er auch etwas Karate. Er ist ziemlich groß, ohne schlaksig zu wirken. Sein Haar ist dunkelblond, manchmal mit einem Stich ins Braune. Seit seiner Geburt hängt ein Muskel am Mundwinkel schief, so daß es aussieht, als würde Randy immer grinsen, was die Lehrer schon manchmal auf die Palme gebracht hat, besonders dann, wenn sie neu waren und ihn noch nicht kannten. Randy ist da, wo „Action" ist. Langeweile kennt er nicht. Er kann sich auch beschäftigen, ohne vor der Glotze zu hocken. Am meisten ärgert er sich über Ungerechtigkeiten. Ob in der Schule oder im Leben: Er setzt sich stets für die Schwachen ein, was ihm nicht selten auch Ärger einbringt.

TOSHIKIARA (TURBO)

Toshikiara ist Japaner und Randys Freund. Da er einen Namen hat, der schlecht auszusprechen ist, wird er kurz „Turbo" genannt. Turbos Eltern sind verschollen. In Japan besitzt er keine engeren Verwandten mehr. Die Familie Ritter hat sich deshalb entschlossen, ihn bei sich aufzunehmen, worüber sich natürlich Randy – der ein Einzelkind ist – unwahrscheinlich gefreut hat. Turbo besucht eine deutsche Schule. Die deutsche Sprache hat er in Japan gelernt, unter anderem auch durch den Briefwechsel, den er und Randy geführt haben. Als Erbe seiner Eltern besitzt Turbo ein altes Samurai-Schwert, dem magische Kräfte nachgesagt werden. Dieses Schwert hütet er wie einen kostbaren Schatz. Er ist kleiner als Randy und trägt das schwarze Haar zu einer Bürste geschnitten. Seiner asiatischen Mentalität entsprechend, reagiert er eher bedächtig. Wenn es aber sein muß und darauf ankommt, ist der fünfzehnjährige Turbo voll da.

MICHAELA SCHRÖDER (ELA)

Michaela Schröder, auch „Ela" oder „Möpschen" gerufen – den letztgenannten Namen mag sie nicht –, ist die dritte im Bunde. Ela wohnt in unmittelbarer Nachbarschaft der Ritters; sie ist dunkelhaarig, trägt gern einen Pferdeschwanz, ist eine gute Judo-Sportlerin, in der Klasse irre stark in allen Fächern und liebt besonders ihren Rauhhaardackel „Biene". Sie hat noch einen kleineren Bruder namens Michael. Ihr Vater arbeitet beim Bau. Ela ist Randys Freundin, auch wenn sich die beiden hin und wieder streiten, daß die Fetzen fliegen; das haben sie jedoch schon im Sandkasten getan. Michaela ist sehr neugierig und schafft es immer wieder, genau dort aufzutauchen, wo etwas los ist. Darüber kann sich Randy manchmal ärgern.

Ela, Randy und Turbo gehören zusammen. Diese drei Freunde bilden auch „Das Schloß-Trio".

Die Warnung

Der Anruf kam am späten Abend! Das laute Schrillen des Telefons schreckte Randy Ritter hoch. Er war in sein Buch vertieft gewesen, unwillig schüttelte er den Kopf und sprang beim zweiten Klingeln hoch.

Das Buch – eine Sammlung von Gespenstergeschichten – rutschte über sein linkes Knie und landete auf dem Teppich.

Zwei Schritte brauchte Randy bis zum Telefon. Beim nächsten Läuten bekam er den Hörer zwischen die Finger. „Ja, bitte...?"

Er hörte merkwürdige Geräusche in der Leitung. Ein Schnaufen, Keuchen, Räuspern. Es klang richtig unheimlich.

„He, wer ist denn da?" Randy war ungeduldig. Er trat von einem Fuß auf den anderen.

„Bist du es, Junge?"

Randy runzelte nachdenklich die Stirn. Der unbekannte Anrufer hatte zwar nur diese eine Frage gestellt, Randy aber trotzdem mißtrauisch gemacht. Außerdem hatte der Mann einen komischen Dialekt oder eine andere Aussprache.

Sollte der Anruf vielleicht etwas mit seinem Vater zu tun haben, den ja oft genug Leute aus aller Welt anriefen?

„Bist du noch dran, Junge?"

„Ja, bin ich."

„Das ist gut."

„Wer sind Sie denn?"

„Tut nichts zur Sache, Junge."

„Also, was wollen Sie von mir?"

„Ich meine es gut mit dir, Junge. Sehr gut sogar. Ich will dich warnen. Laß die Finger von der Sache."

„Hä?" Randy war völlig von der Rolle. Der Anrufer schien seine Gehirnwindungen verschoben zu haben. „Von welcher Sache sprechen Sie überhaupt, Mann?"

„Das weißt du genau."

„Nein, weiß ich nicht. Können Sie sich nicht klarer ausdrücken?"

„Es war klar genug. Das ist eine Warnung. Okay?"

Randy hörte, wie der Unbekannte auflegte. Er behielt trotzdem den Hörer in der Hand und lauschte auf das Besetztzeichen. Dann hob er die Schultern. Das war ihm noch nie passiert. Der Anrufer mußte wirklich durcheinander sein. Einer dieser komischen Scherzkekse, die am späten Abend oder mitten in der Nacht fremde Leute mit Anrufen erschreckten.

Andererseits schien er genau gewußt zu haben, wen er da vor sich hatte. Also war der Anruf kein Versehen gewesen. Nur wußte Randy nicht, wovon er die Finger lassen sollte.

„Wer hat denn angerufen, Randy? War es Vater?"

Der Sechzehnjährige drehte sich rasch um, als er die Frauenstimme hörte. Seine Mutter war aus dem Bad gekommen und schaute zu, wie ihr Sohn den Hörer auf die Gabel legte.

„Nein, es war nicht Vater."

„Wer dann?"

Randy sah seine Mutter an. Sie war 37, eine große, schlanke Frau mit dunklen Haaren, um die sie jetzt ein rotes Stirnband gebunden hatte. Marion Ritters warme braune Augen waren die schönsten Augen der Welt, wie Randy immer sagte. Er mochte auch ihr Lächeln, doch jetzt blieb ihr Gesicht ernst.

„Ich ... ich habe keine Ahnung." Randy hob die Schultern.

„Du hast dich aber ziemlich lange unterhalten."

„Ja, schon. Er wollte mir nicht sagen, wer er war. Er hat mich einfach gewarnt. Ich soll die Finger von einer gewissen Sache lassen." Randy zuckte mit den Schultern.

„Welche Sache denn?"

„Das frage ich mich auch."

Marion Ritter schüttelte den Kopf. „Hat sich einer deiner Freunde einen Scherz erlaubt?"

„Nein!" antwortete Randy schnell. „Das machen die nicht. Wenigstens nicht um diese Zeit", schränkte er ein. „Ich dachte schon, daß es etwas mit Vater zu tun hat."

„Nein, der ist in Amerika."

„Er hat schließlich einen außergewöhnlichen Job."

Marion Ritter holte tief Luft und steckte die Hände in die Taschen des Bademantels. „Es wird am besten sein, wenn du schlafen gehst. Du hast morgen einen langen Tag vor dir."

„Stimmt schon."

„Gute Nacht, Randy." Seine Mutter drückte ihm einen Kuß auf die Stirn und lächelte dabei. Sie hatte zu ihrem Sohn ein herzliches Verhältnis. Die beiden waren wie gute Freunde, Kameraden, die sich aufeinander verlassen konnten.

Randy ging die breite Treppe hoch in die erste Etage, wo sein Zimmer lag. Die Ritters wohnten in einem großen Haus, das schon fast ein kleines Schloß war. Zur Hälfte gehörte es ihnen. Den anderen Teil hatte die Firma bezahlt, für die Dr. Peter Ritter arbeitete und auch viel unterwegs war. Was er genau machte, darüber sprach er nie oder nur selten. Später einmal wollte er seinen Sohn aufklären. Wurde Randy nach dem Beruf des Vaters gefragt, gab er Ingenieur an.

In einem Schloß oder schloßähnlichen Haus ist alles breiter und größer. Manchmal zu groß, wie Randy fand. Sie konnten nicht alle Räume benutzen. Wäre nicht Alfred, ihr Butler, gewesen, hätte die Mutter es kaum geschafft, den Haushalt in Schuß zu halten.

Alfred war klasse. Er konnte eigentlich alles. Vom Abwasch bis zur Gartenpflege, er sprach mehrere Sprachen und hatte Randy unten im Fitneß-Raum in die Kunst der Selbstverteidigung eingeführt. Mit technischen Dingen kannte er sich ebenfalls aus. Alfred war ein kleines Genie.

Randys Zimmer war groß. Es besaß zwei Fenster. Sie lagen zum Fluß hin. Der Junge stand oft hinter den Scheiben und schaute auf die sich träge dahinwälzenden grauen Fluten des Rheins. Düsseldorf lag nicht weit entfernt, aber auch nicht so nah, daß ihr Haus zur Stadt gehört hätte.

Sie wohnten eigentlich ziemlich einsam. Die Straße führte weit vor dem Haus vorbei.

Randy hatte das Zimmer nach seinem Geschmack eingerichtet, der hin und wieder wechselte, so daß der Raum öfter ein neues Gesicht bekam. Im Augenblick war Tennis in. Poster der bekanntesten Spieler hingen an den Wänden, ein Schläger hatte seinen Platz an der Wand über dem Bett gefunden, und neben dem Regal mit den vielen Büchern schaukelte ein Netz mit Tennisbällen. Randy war müde. Er merkte es, als er sich auszog, dann auf der Bettkante saß und anfing zu gähnen. Er schaltete nicht einmal den Recorder ein, um Musik zu hören. Der Sechzehnjährige war froh, im Bett zu sein.

Hinter ihm stand die Lampe. Er brauchte nur den Arm zu heben, um das Licht zu löschen.

Die Dunkelheit fiel über den Raum. Sie gab ihm eine ganz andere Atmosphäre. Die beiden Fenster wirkten jetzt wie graue, viereckige Glotzaugen. Vom Bett aus konnte er durch die Scheibe in den Himmel schauen, wo sich die Gestirne hinter grauen Wolken versteckt hielten.

In einem alten Haus ist es nie ruhig. Randy hörte das Knakken des Holzes, dann die Schritte seiner Mutter, und er hätte eigentlich einschlafen müssen, weil er so müde war.

Der Schlaf wollte nicht kommen. Er fühlte sich wie nach einem harten Fußballspiel, das ihn innerlich aufgeputscht hatte. Er dachte an den komischen Anruf und auch daran, daß er in einigen Stunden nach Düsseldorf zum Flughafen fahren mußte, um einen Freund abzuholen. Sein japanischer Brieffreund hatte seinen Besuch angesagt. Er hatte ebenso Ferien wie Randy.

Wieder streifte sein Blick das Fenster. Randy hatte es nicht einmal bewußt getan, einfach so, aber er schrak plötzlich zusammen, denn hinter der Scheibe bewegte sich etwas.

Da war jemand!

*

Manchmal konnte Randy einen Blitzstart hinlegen. Das hatte er auch jetzt vorgehabt, doch irgend etwas lähmte ihn. So blieb er auf dem Rücken liegen und starrte auf die Scheibe.

Ja, es war eine Gestalt, die sich dahinter abzeichnete. Ein Einbrecher? Immerhin war schon einmal versucht worden, ins Haus der Ritters einzubrechen. Seit dieser Zeit besaßen sie eine Alarmanlage. Jetzt war offenbar wieder jemand an der Fassade hochgeklettert. Vielleicht hatte er sich durch die dort wachsenden Ranken und Efeuschlingen geschoben und auf den schmalen Simsen Halt gefunden.

Randy spürte, daß sein Herz schneller klopfte. Unter seinen Achseln bildete sich Schweiß, ebenso wie auf den Handflächen.

Da klopfte es noch.

Poch... poch...

Ein Einbrecher, der klopfte? Nein, daran wollte der Junge nicht glauben. Er sah die Bewegung hinter dem Fenster. Jemand winkte ihm mit einer Hand zu.

Randy stieg aus dem Bett, ging auf nackten Füßen über den Holzboden und öffnete das Fenster.

Ein lächelndes Gesicht schaute ihn an.

„Habe ich dich erschreckt, Randy?"

Randy holte durch die Nase Luft. „Ich dachte schon, ich hätte Ameisen im Blut, so komisch wurde mir."

„Spielt keine Rolle mehr, meine Arbeit hier ist erledigt!"

Randy schaute nach unten und sah nun die Leiter. Es war also kein Fremder an der Hauswand herumgeturnt, sondern Alfred, der gute Geist des Hauses. Er trug einen Arbeitsanzug und hielt einen Schraubenzieher in der Hand.

„Was hast du denn hier oben gemacht, Alfred?"

„Etwas nachgeschaut."

„Und was?"

„Da war eine Leitung unterbrochen." Alfred schaltete die Lampe an, die er an seinem Gürtel befestigt hatte. Der Strahl traf einen Draht, der an der Wand hochkletterte. „Er war abgerissen. Der letzte Sturm hat ganz schön gewütet."

„Ach so."

Alfred grinste wieder. Sein dunkler Oberlippenbart bewegte sich dabei. Alfreds Haare besaßen die gleiche Farbe. Sie waren immer glatt nach hinten gekämmt. Die Stirn wirkte deshalb viel größer als sie tatsächlich war.

„So, leg dich wieder hin. Morgen geht es rund."

„Ja, dann gute Nacht."

„Ist noch was?" fragte Alfred, als er bemerkte, daß Randy zögerte.

„Eigentlich nicht. Ich bekam kurz vor dem Schlafengehen noch einen Anruf, verstehst du?"

„Ich hörte das Telefon. Wer war es denn?"

„Keine Ahnung, ein Unbekannter." Randy hatte zu Alfred das gleiche Vertrauen wie zu seinen Eltern. „Er wollte auch seinen Namen nicht nennen, sagte nur, daß ich die Finger von einer bestimmten Sache lassen sollte."

„Was für eine Sache?“

„Wenn ich das wüßte.“

Alfred verengte die Augen. Das tat er immer, wenn er nachdachte.

„Hast du eine Vermutung? Weißt du etwas darüber?“

„Nein, Randy, tut mir leid.“

„Das ist schon komisch.“

„Schlaf mal eine Nacht darüber. Wenn der Kerl wirklich etwas von dir gewollt hat, wird er sich wieder melden.“

„Das meine ich auch. Er hatte nur so eine komische Aussprache.“

„Wie denn?“

Randy hob die Schultern. „Na, so einen Dialekt oder Akzent, verstehst du? Der kam bestimmt nicht aus Deutschland.“

Alfred legte seine Hände auf die äußere Fensterbank. „Tut mir leid, da kann ich dir auch nicht helfen.“

Die beiden verabschiedeten sich jetzt, und Randy legte sich wieder hin.

Alfred verschwand sehr bald. Randy hörte noch, wie er die Leiter zusammenschob. Diesmal dauerte es nicht mehr lange, bis ihm die Augen zufielen und er eingeschlafen war.

Er träumte weder von Einbrechern noch von Anrufen und schlief durch bis zum Morgen.

Turbos Ankunft

Der große Metallvogel flog lautlos!

Sekunden zuvor hatte ihn noch das bleierne Grau der ziemlich tief hängenden Wolken verdeckt, dann schoß er hervor, und sogar die Sonne tauchte irgendwo verschüchtert auf. Sie schickte einen Strahl gegen den Rumpf, wo ein blitzender Reflex entstand.

„Ist schon toll“, sagte Randy.

„Was ist toll?“ fragte Michaela.

„Das Flugzeug.“

Randy tippte Michaela auf die Schulter. Sie hieß mit Nachnamen Schröder, war vierzehn, hatte lange Beine, trug fast immer nur Jeans und lässig fallende Pullover mit bedruckten Aufschriften. In der Schule gehörte sie zu den Besten in der Klasse und war praktisch die Nachbarstochter der Ritters. Sie und Randy waren miteinander befreundet. Zwar stritten sie sich oft, aber irgendwie kamen sie immer zusammen.

„Nimm deinen nackten Finger von meiner angezogenen Schulter, Randolph.“

Randy verzog das Gesicht und fletschte die Zähne. Er mochte es nicht, wenn man ihn mit seinem richtigen Vornamen ansprach.

Randolph, das war kein Name, das war schon eine Strafe. Die Kurzform Randy war nun wirklich naheliegend. Also sagte jeder Randy.

Nur Michaela nicht, wenn sie ihn ärgern wollte, so wie jetzt. Aber Randy schoß zurück. „Wenn du noch einmal Randolph sagst, dann werde ich ...“

„Was wirst du?“

„Anfangen, deine Sommersprossen zu zählen.“

„Ach nee.“

„Ach doch. Wetten, daß es mehr sind als zweihundertvierunddreißig?“

„So weit bist du schon gekommen?“ Michaela zog ihre kleine Nase kraus. Sie hatte ein feingeschnittenes Gesicht, das von

braunen Haaren umrahmt wurde. Sie waren so lang, daß sie auch zu einem Pferdeschwanz gebunden werden konnten.

„Ich könnte auch noch etwas anderes zu dir sagen.“

„Was denn?“

„Möpschen!“

Randy hatte den Namen kaum ausgesprochen, als Michaela sich vorwarf, ihn um die Hüften packte und zu einem Judogriff ansetzte, der Randy auf den Rücken schleuderte.

„Ja!“ rief Michaela. „Das war doch was.“

„Und wie“, sagte ein in der Nähe stehender Mann, und er klatschte Beifall. „Richtig toll.“

Randy erhob sich schnaufend. „Bist du ein rabiates Weib.“

„Nur wenn man mich ärgert.“

Die beiden standen auf der Aussichtsplattform des Düsseldorfer Flughafens. Alfred hatte sie hingefahren. Er wartete einstweilen in einem kleinen Café, bis sie mit Randys japanischem Brieffreund zurückkamen.

Die Maschine, aus Tokio kommend, hatte bereits zur Landung angesetzt. Es wurde für Michaela und Randy Zeit, sich zum Zollausgang zu begeben.

„Wie heißt der noch?“ fragte Michaela.

„Toshikiara.“

„Wie?“

„Toshikiara.“ Randy betonte jeden Buchstaben, stieß bei Michaela trotzdem auf Unverständnis.

„Nee, den Namen kann ich mir nicht merken.“

„Ich dachte immer, du wärst so schlau.“

„Alles nur Tarnung, sonst würde ich dir ja die Schau stehlen.“

Die beiden schlenderten durch die große Halle. Es herrschte ziemlich viel Betrieb. Ein Durcheinander, das ein gewisses Flair hatte, dem man sich schlecht entziehen konnte. Hier roch es nach der weiten Welt, nach Ferne, nach Abenteuer, nach fremden Kontinenten, aber auch nach Aufregung.

Jeder, der aus dem Ausland kam, mußte durch den Zoll. Aber durch Glaswände konnten die Wartenden die Ankunft der Fluggäste beobachten. Da war auch das halbrunde Transportband zu sehen, auf dem die Gepäckstücke lagen.

In den Häuschen hatten schon die Zollbeamten ihre Plätze eingenommen. Außer Michaela und Randy waren noch andere Besucher gekommen, um Passagiere abzuholen. Unter ihnen befanden sich auch Japaner. Nicht umsonst wurde Düsseldorf Klein-Tokio genannt. In dieser Stadt lebten die meisten Japaner außerhalb des eigenen Landes.

„Denkst du noch an den Anruf?“ fragte Michaela, die sich gern Ela nennen ließ, im Gegensatz zu Möpschen.

„Wie kommst du denn darauf?“

Ela zeichnete mit der Turnschuhspitze Kreise auf den Boden. „Fiel mir nur gerade so ein.“

„Nee, habe ich nicht. Aber jetzt, wo du es sagst...“

„Ist schon komisch.“

„Finde ich auch.“

„Und du hast die Stimme nicht erkannt?“

„Nein.“

Michaela kreuzte die Beine. „Wie sieht der eigentlich aus? Dieser Toshidingsda?"

„Wie ein Japaner."

Ela legte ihre flache Hand gegen Randys Stirn. „Au, ist das heiß, ich glaube, du hast Fieber."

„Was hat dich denn gebissen, du Kröte?"

„Ich weiß auch, daß er wie ein Japaner aussieht. Aber ist er groß, klein, schmal, dünn, dick, breit..."

„Weiß ich auch nicht. Ich kenne ihn nur vom Bild. Und da war bloß sein Gesicht drauf."

„Aha."

„Was heißt hier aha?"

„Ich freue mich, daß er ein Gesicht hat."

„Du bist ein Hirnie."

„Da kommen die ersten Passagiere!" rief das Mädchen.

In der Tat erschienen sie. Es waren Asiaten und Europäer, bunt gemischt. Zumeist Männer, nur wenige Frauen, und Jugendliche waren noch gar nicht zu sehen.

Michaela war zwei Schritte vorgegangen und hatte sich auf die Zehenspitzen gestellt. Wippend blieb sie stehen.

Randy behielt seinen Platz bei. Mit vor der Brust verschränkten Händen wartete er ab. Auch er war aufgeregt, wollte es aber nicht zeigen und gab sich ziemlich cool.

Plötzlich zuckte er zusammen. Nicht das Geschehen vor ihm hatte ihn aufgeschreckt, es war die Stimme des Mannes, der hinter seinem Rücken stand. Der Mann sprach japanisch.

Randy kannte die Stimme.

Es war der Anrufer vom vergangenen Abend.

Randy bekam Gänsehaut im Nacken. Er drehte sich nicht um, aber überlegte fieberhaft, wie er sich möglichst unauffällig verhalten konnte.

Dann ging er einen Schritt nach rechts, stieß gegen eine Frau, entschuldigte sich und warf dabei vorsichtig einen Blick nach hinten.

Zwei Japaner standen dort dicht beisammen. Sie unterhielten sich, während sie gleichzeitig die Passagiere beobachteten, die vorne auf ihr Gepäck warteten.

Einige hatten ihre Koffer bereits vom Band genommen und gingen auf den schmalen Kontrollgang zu, wo die Zollbeamten auch Stichproben vornahmen.

Randy hatte nur Augen für die beiden Männer. Sie waren fast so groß wie er, aber ziemlich breit in den Schultern. Der eine trug einen braunen Anzug und eine Krawatte, die ein Blümchenmuster zeigte. Er hatte sein dunkles Haar kurz geschnitten und es dann nach vorn zu einem Pony gekämmt.

Der andere besaß eine Glatze. Einen kahlen Schädel, der den Vergleich mit einer übergroßen Billardkugel aushielt. Dafür wuchsen über seinen Augen die dichtesten Brauen, die Randy je gesehen hatte, so daß sein Gesicht etwas Drohendes bekam.

Ob die beiden ihn auch entdeckt hatten, wußte er nicht. Jedenfalls blickte Randy schnell wieder weg und machte sich seine Gedanken. Ohne Grund war er sicher nicht angerufen worden, und ohne Grund waren die Kerle hier auch nicht erschienen.

Möglicherweise hing das alles sogar mit der Ankunft von Toshikiara zusammen. Aber was konnte ein fünfzehnjähriger Junge mit diesen beiden Typen zu tun haben? Verwandte waren das bestimmt nicht, sicherlich auch keine Bekannten. Außerdem hatte der eine ja die Warnung ausgesprochen.

Ela winkte heftig. „Los, Randy, ich sehe ihn. Komm schon."

Als sich Randy nicht rührte, lief sie zu ihm, packte seinen rechten Arm und zerrte ihn vor bis zur Trennscheibe. „Das ist er. Da, schau ihn dir an."

Toshikiara war kleiner als Randy und Ela. Er trug eine grüne Hose, ein weißes T-Shirt und darüber eine leichte Windjacke. Das dunkle Haar war so kurz geschnitten, daß es eine Bürste bildete, was den Kopf etwas viereckig aussehen ließ.

Noch hatte Toshikiara sein Gepäck nicht gefunden. Seine Blicke wechselten zwischen dem Band und der Glasscheibe hin und her. Auch Randy winkte jetzt.

Der Freund aus Japan sah es und lachte breit. Er freute sich, den deutschen Jungen zu sehen. „Ich komme gleich!" rief er laut. „Nur noch das Gepäck."

„Ist gut."

„Der spricht aber gut deutsch", sagte Ela.

„Das hat er in der Schule gelernt und natürlich durch meine Briefe."

„Angeber."

„Weißt du was?"

„Nein."

„Ich habe vorhin die Stimme des Anrufers gehört."

„Scherzkeks."

„Das ist kein Witz. Der stand hinter mir und unterhielt sich mit einem anderen. Wenn du dich vorsichtig umdrehst, wirst du zwei Japaner sehen. Einer davon hat eine Glatze."

„Und der andere?"

„Trägt einen braunen Anzug."

Michaela drehte sich auf der Stelle. Randy schaute nicht zurück, hörte aber die Bemerkung seiner Freundin.

„Spinnst du eigentlich. Da steht keiner mit einer Glatze und auch keiner im braunen Anzug."

Ela hatte recht, das mußte Randy zugeben. „Aber vorhin waren sie da. Und der eine sprach mit der gleichen Stimme, wie sie auch der Anrufer gehabt hat."

„Du hast dich geirrt."

„Nein!"

„Egal, dein Freund geht jetzt durch den Zoll."

Toshikiara war mit zwei Koffern gekommen. Sie bestanden aus blau eingefärbtem Leder und waren prall gefüllt. Den beiden kontrollierenden Beamten legte er ein Schreiben vor, das sich der eine sehr genau durchlas.

„Was ist das denn schon wieder?" fragte Ela.

„Keine Ahnung."

„Ob der eine Botschaft mitgebracht hat?"

„Wir werden ihn fragen."

Toshikiara bekam sein Schriftstück zurück und bedankte sich. Er passierte die Schranke und traf an deren Ende auf die beiden wartenden Freunde.

„Da sind wir!" sagte Randy.

Toshikiara nickte.

Zwischen ihnen stand irgendwie eine Wand aus Verlegenheit. Keiner wußte so recht, wie er beginnen sollte. Das übernahm schließlich Michaela: „Also, ich heiße Michaela Schröder. Du kannst mich aber Ela nennen."

„Oder Möpschen."

Diesmal kassierte Randy einen Fußtritt auf die Zehen.

Michaela reichte Toshikiara die Hand, und der Junge aus Japan drückte sie fest, wobei er zu lachen anfing. Das Eis zwischen ihnen war gebrochen. Jetzt begrüßten sich auch die beiden Brieffreunde. Toshikiara lächelte.

„Du bist viel größer als ich, Randy."

„Na ja, das kommt mal vor."

Randy war tatsächlich ziemlich groß, ohne aber ein Schlaks zu sein. Er hatte durch den Sport, den er trieb, breite Schultern und schmale Hüften bekommen. Eine Sportlerfigur eben. Sein Haar war dunkelblond, die Augen hatten eine graublaue Farbe, und der Mund schien irgendwie schief gewachsen zu sein, denn Randy sah aus, als würde er immer lächeln.

Das hatte schon manchen Pauker aufgeregt, der sich auf den Arm genommen fühlte.

„Ich finde es stark, daß du endlich hier bist, Toshikiara."

„Ich freue mich auch, Randy."

Ela schüttelte den Kopf. „Ihr könnt mich für blöde halten oder noch mehr, aber das mache ich nicht mit. Das mit dem Namen. Den kann man sich überhaupt nicht merken. Toshikarama..."

„Er braucht einen Kampfnamen!" sagte Randy.

„Genau, das ist es."

„Was ist das denn?" Der Junge aus Japan wunderte sich.

„Erkläre du es ihm, Randy."

„Weißt du, das ist so. Ich meine..." Er winkte ab. „Ach, Mist, spielt keine Rolle. Wenn uns ein guter Name einfällt, der zu dir paßt, werden wir dich umtaufen."

Toshikiara lächelte etwas verwundert, nickte aber, obwohl er es nicht verstanden hatte.

Michaela schnippte mit den Fingern. „Ich hab's!" rief sie. „Ich habe die Idee."

„Ach du lieber mein Vater!"

„Hör auf, Randy, du wirst begeistert sein. Wir nennen ihn Turbo!"

„Was?"

„Ja, Turbo. T - u - r - b - o! Das ist jetzt für Hirnies, wie du!"

Randy verzog die Lippen. Der Mund bildete einen Halbmond. „Turbo. Das hört sich nach einem Auto an."

„Die Japaner bauen auch Autos."

Randy wandte sich an seinen Freund. „Sag mal ehrlich, gefällt dir der Name?"

„Ich soll Turbo heißen?"

„Ja."

„Wie ihr wollt."

„Dann hast du nichts dagegen?" fragte Ela.

„Er ist eben höflich", erklärte Randy.

„Nein, ihr könnt mich so nennen."

„Toll, darauf gebe ich einen aus. Spezi und Fritten."

„Wenn wir sie nur schon hätten!"

Randy schnappte sich einen Koffer. „Meine Güte, ist der schwer. Was hast du da alles eingepackt?"

„Nicht sehr viel. Aber du hast den mit dem Schwert erwischt."

Randy stellte das Gepäckstück wieder ab. „Was habe ich erwischt? Den mit dem Schwert?"

„Ja, ich nahm es mit. Ich habe sogar die Genehmigung dafür bekommen. Deshalb mußte ich das Papier vorzeigen."

Auch Ela war nachdenklich und neugierig geworden. „Weshalb verreist man denn mit einem Schwert?"

„Oder bist du ein Samurai?" fragte Randy.

„Unsinn."

„Sag den Grund."

Turbo schüttelte den Kopf. „Nicht jetzt, später bestimmt. Aber ich mußte es mitnehmen."

„Na gut, wie du meinst. Einen kleinen Tick hat jeder." Randy packte wieder den Griff. Er hob den Koffer noch nicht an, denn Michaela meldete sich. „Hattest du nicht von einem Glatzkopf und einem Typ im braunen Anzug gesprochen?"

„Ja."

„Da sind die beiden wieder." Ela deutete schräg nach links. Die beiden Männer standen nahe dem Swiss-Air-Schalter, unterhielten sich, und der Typ im braunen Anzug schaute dabei zu ihnen rüber.

„Habt ihr was?" fragte Turbo.

„Wie man's nimmt." Randy wies mit dem Kopf nach links. „Da sind zwei Landsleute von dir. Kennst du die zufällig?"

„Nein!"

„Du bist sicher?"

„Wenn ich einmal nein gesagt habe, bleibe ich auch dabei."

„War nur eine Frage."

„Aber ihr kennt sie?"

„Ich habe sie heute auch zum erstenmal gesehen", erklärte Randy. „Einer rief mich gestern abend an. Die beiden standen in der Gruppe der Wartenden hinter der Zollscheibe. Als sie sich unterhielten, fiel mir die Stimme wieder auf."

„Was hat er denn zu dir gesagt?"

„Sehr wenig. Das war mehr eine Warnung. Er sagte, daß ich die Finger von der Sache lassen sollte."

„Welche Sache denn?"

„Wenn ich das wüßte, wäre mir wohler."

„Ein komischer Spaß."

„Ich weiß nicht, ob das ein Spaß ist. Zumindest sehen die Kerle nicht spaßig aus."

„Laß uns weitergehen." Turbo wollte nichts mehr davon wissen. „Wie kommen wir denn zu euch?"

„Alfred wartet auf uns."

„Das ist euer Diener oder so?"

„Ja. Ich schrieb es dir in einem Brief."

„Auf Alfred bin ich gespannt."

„Der ist nett", sagte Ela. „Macht auch jeden Spaß mit."

„Und was ist mit deinen Eltern, Randy?"

„Mein Vater ist mal wieder unterwegs. Ich glaube, der drückt sich in Los Angeles herum. Er will irgendwas mit Computern machen."

Sie hatten mittlerweile eine der Ausgangstüren erreicht.

Taxis rollten herbei und luden Fahrgäste ein. Randy drehte sich noch einmal um.

Die beiden Japaner sah er nicht mehr. Dafür kam ein Mann auf sie zu, der ihnen zuwinkte.

Es war Alfred. Er trug eine braune Lederjacke. Sein Haar bewegte sich im Wind.

„Das also ist Alfred." Turbo lachte und wurde von dem Diener der Ritters begrüßt wie ein alter Freund, der nach langer Zeit wieder zurückgekehrt war.

„Na, das freut mich aber, daß ich dich endlich einmal sehe, Toshikiara. Ich habe ja so viel von dir gehört."

„Sag doch Turbo!" schlug Ela vor.

„Wie?"

„Das ist sein neuer Kampfname", erklärte Randy. „Ela hat ihn erfunden."

„Hm." Alfred strich über seinen Oberlippenbart. „Nicht schlecht, Herr Specht. Ja, der Name ist gut."

Er bückte sich. „So, ich werde mir jetzt den Koffer unseres Gastes schnappen." Er hob ihn an. „Mensch, Turbo, hast du Eisen geladen?"

„Der andere ist noch schwerer."

„Darin verwahrt er sein Schwert", sagte Ela.

Alfreds Augen verengten sich für einen Moment. „Ach, tatsächlich?"

„Sagt er wenigstens."

Der Diener fragte nicht weiter. Er ging auf die Reihe der parkenden Fahrzeuge zu. Randy schleppte den zweiten Koffer. Turbo wollte ihm das Gepäckstück abnehmen, aber sein deutscher Brieffreund schüttelte den Kopf. „Kommt gar nicht in die Tüte."

„In was, bitte?"

„Das sagt man hier so."

„Ja, ist gut. Was fahrt ihr denn für ein Auto."

„Wir haben einen alten Daimler. Der geht jetzt ins sechste Jahr. Ist nicht schlecht der Wagen."

Das Gespräch zwischen den beiden versickerte. Zudem litt Randy unter der Schwere des Koffers.

Michaela und Alfred hatten den Mercedes bereits erreicht. Alfred öffnete die Klappe des Kofferraums, als die Jungen ankamen. Er wuchtete den Koffer hinein.

Auch Randy stellte seinen Koffer ab. Turbo stand neben ihm, stieß ihn an und deutete auf den Wagen. „Was ist das denn? Der ist ja zur Seite gekippt."

„Wieso?"

Da bückte sich Turbo bereits und deutete auf das rechte Hinterrad. „Hier, schaut mal."

Randy ging ebenfalls in die Hocke. „Au, verflucht!" flüsterte er. „Das darf doch nicht wahr sein. Da hat irgendein Hundesohn den Reifen durchstochen."

„Was sagst du?" Alfred schob Randy zur Seite. „So ein Mist."

„Wie lange hast du den Wagen allein gelassen?"

Alfred richtete sich wieder auf. „Nicht sehr lange, aber der oder die Kerle waren schneller."

„Und warum tun sie so etwas?" fragte Michaela.

„Das weiß ich auch nicht. Aus Spaß?"

„Glaube ich nicht", sagte Alfred. „Damit wurde irgend etwas bezweckt."

„Ja, man will uns aufhalten."

„Vielleicht soll das Mittagessen anbrennen", sagte Randy. Keiner lachte über den Scherz.

„Uns bleibt jedenfalls nichts anderes übrig, als den Reifen zu wechseln", erklärte Alfred und deutete auf den noch offenen Kofferraum. „Das Reserverad liegt bereit. Wenn ihr mithelft, haben wir die Arbeit schnell geschafft."

„Ist nur etwas eng hier", meinte Ela.

„Das geht schon. Laßt mich erst mal den Reifen rausholen und das Werkzeug."

Die drei traten zur Seite. Sie schauten sich ziemlich betreten an. Turbo räusperte sich, ohne etwas zu sagen. Ela zog wieder Kreise mit der Fußspitze über den Asphalt. „Die beiden Japaner, nicht?"

„So ähnlich."

„Habt ihr sie in Verdacht?" fragte Turbo.

Randy hob die Schultern. „Was heißt in Verdacht? Ich kann mir im Moment niemand anders vorstellen, der so etwas tun würde."

„Aber hier laufen doch auch bestimmt solche Kerle herum, die auf Autos aus sind, sie stehlen oder..."

„Das kann auch sein."

„Fragen können wir hier auch keinen", meinte Turbo.

„Nein. Hier interessiert sich niemand für den anderen. Wer achtet schon auf Leute, die sich an den Fahrzeugen zu schaffen machen? Das kannst du vergessen."

Alfred hatte den Wagenheber ausgeladen und auch das Reserverad. Mit dem Kreuzschlüssel in der Hand bückte er sich, um die Muttern zu lösen. Turbo und Randy traten näher. Sie wollten helfen, als sie Michaelas Warnung hörten.

„Da sind sie!"

Beide schnellten hoch.

Die zwei Japaner waren schon da. Lautlos hatten sie sich herangeschlichen. Ihre Gesichter schwebten über dem Kofferraum wie zwei bleiche Flecken. Ein jeder griff nach einem Gepäckstück. Der Glatzkopf hob den Koffer aus dem Wagen, der Kerl im braunen Anzug schnappte sich den abgestellten mit dem Schwert.

Er hatte nicht mit Turbo gerechnet, der seinem neuen Namen in diesem Augenblick alle Ehre machte. Bevor sich der Japaner versah, war der Junge bei ihm. Der Mann war viel zu sehr mit dem Koffer beschäftigt. Er konnte nichts tun, als Turbo ihm den Kopf in den Magen rammte.

Der Mann stieß ein komisches Geräusch aus. Es hörte sich an, als würde Luft aus einem Ballon gelassen. Die Augen weiteten sich, die Haut verlor noch mehr an Farbe, und seine Hand rutschte vom Griff des Koffers ab, als er zurückwankte.

Ela und Randy kümmerten sich um den zweiten. Der hatte den Koffer auf die Ladekante gestellt, als Ela ihm gegen das Schienbein trat. In den Augen des Glatzkopfs funkelten Tränen. Er ließ den Koffer los, als wäre dieser heiß geworden. Dann zuckte er zurück, humpelte weg und wollte seine Hand im Ausschnitt seiner Jacke verschwinden lassen.

Dagegen hatte der Mann im braunen Anzug etwas. Er sagte irgend etwas in seiner Muttersprache.

Glatzkopf zog sich zurück.

Die beiden machten sich nun schleunigst aus dem Staub. Sie flohen quer durch die Reihen der geparkten Wagen.

Alfred hatte sich erst jetzt aufgerichtet und eigentlich kaum etwas mitbekommen. „Was ist denn passiert?"

Die Freunde reagierten nicht. „Los, hinterher!" rief Randy. „Die müssen wir doch kriegen."

„Nein, die sind gefährlich!“ rief Turbo.

Randy war schon einige Schritte gelaufen. Er stoppte so hart, daß seine Turnschuhsohlen quietschten. „Wieso? Kennst du die denn?“

„Nicht direkt, aber...“

„Was ist los?“ Randy kam langsam näher.

„Die haben bestimmt Waffen. Pistolen oder Revolver. Wenn sie sich bedroht fühlen, werden sie die Dinger auch einsetzen.“

Ela war blaß geworden. „Schießen die auf uns?“ hauchte sie.

„Klar.“

„Dafür müßte es einen Grund geben“, sagte Randy.

„Sicher, den möchte ich auch wissen.“ Alfred hatte dem Gespräch zugehört und kam näher.

Turbo hob die Schultern. Er tat Ela und Randy plötzlich leid. Wie verschüchtert wirkte er. Mit einer fahrigen Bewegung wischte er über sein Gesicht.

„Wenn du nichts sagen willst“, meinte Ela, „kannst du es auch lassen. Oder uns später was erklären.“

„Es ist so schwierig, wißt ihr.“ Er hob die Achseln. „Ich... ich dachte, es wäre vorbei.“

„Was soll vorbei gewesen sein?“

„Die Jagd, Randy.“

„Wonach?“

„Sie wollen das Schwert, glaube ich. Diese Waffe ist für sie ebenso wichtig wie für uns.“

„Wer ist uns?“ wollte Alfred wissen.

„Meine Familie.“

„Deine Eltern also.“

„Richtig. Dieses Schwert ist ein Erbstück. Es ist einige hundert Jahre alt und hat sich immer im Besitz unserer Familie befunden. Das jedenfalls behauptet mein Vater.“

„Hat er denn recht gehabt?“

„Mein Vater lügt nicht!“ In Turbos Augen blitzte es auf.

„Entschuldige“, sagte Alfred. „Ich habe es nicht so gemeint.“

„Schon gut."

„Ja", schlug Randy vor. „Dann wechseln wir am besten den Reifen. Habe ich noch nie gemacht."

„Wird Zeit, daß du es mal lernst", meinte Ela.

„Du hast wohl lange nicht mit einem Krankenpfleger geflirtet, wie?"

Ela winkte ab. „Da du mir ja versprochen hast, mich einzuladen, du diese Einladung aber kaum aufrechterhalten kannst, wenigstens in absehbarer Zeit nicht, werde ich gehen und uns etwas besorgen. Wer möchte Limo?"

Keiner war dagegen.

„Das Geld gebe ich dir dann wieder."

Ela winkte ab. „Vergiß es."

Eine halbe Stunde später hatten sie den Reifen gewechselt und konnten wieder starten. Ela saß vorn neben Alfred. Die beiden Jungen hockten im Fond.

Turbo war schweigsam. Er schaute aus dem Fenster und hing seinen Gedanken nach.

Randy wollte ihn auch nicht stören. Nur glaubte er, daß Turbos Ankunft doch einiges durcheinanderbrachte.

Die nähere Zukunft hatte für sie alle bereits einen Namen bekommen.

Action!

Gefahr auf dem Wasser

Marion Ritter, so nett und lieb sie auch war – sie besaß in Randys Augen trotzdem einen Fehler.

Sie war viel zu ängstlich und vermutete immer gleich das Schlimmste. Deshalb hatten sie auch beschlossen, der Mutter nichts von dem Vorfall zu sagen.

Der Empfang war herzlich. Frau Ritter nahm Turbo auf wie

den eigenen Sohn. Sie hatte gekocht und gebacken. Es gab Sauerbraten, der auch dem Gast schmeckte, dazu Apfelkompott, zum Nachtisch Eis, und nach der Besichtigung des großen Hauses mußten sich die Freunde an die Kaffeetafel setzen.

Alfred hatte gestreikt und sich unsichtbar gemacht.

„Der hat's gut", stöhnte Ela, streckte die Beine aus und legte die Hände auf den Bauch. „Was ich hier zunehme..."

„Mädchen und Jungen in eurem Alter müssen essen", erklärte Frau Ritter und schenkte den frisch gekochten Kakao ein. Sie trug ein blaues Kleid mit gelben Blumen, das ihr gut stand. „Oder magst du meinen Streuselkuchen nicht, Ela?"

„Doch, Frau Ritter, der ist toll."

„Dann iß ihn auch."

„Aber wir haben doch den Sauerbraten..."

„Ihr könnt euch nach dem Essen etwas bewegen. Zum Rhein hinuntergehen..."

„Das ist eine astreine Idee", sagte Randy. „Den Fluß wollte ich dir sowieso zeigen."

„Der ist auch bei uns in Japan bekannt."

Als Turbo das erste Stück Kuchen verputzt hatte, fragte Frau Ritter, ob er nicht kurz seine Eltern in Tokio anrufen wollte, damit sie Bescheid wissen.

„Das ist nicht nötig."

Frau Ritter staunte. „Sie werden sich aber Sorgen machen."

„Wenn er doch nicht will, Mutti."

„Hör auf, Randy, es gehört sich einfach so. Finde ich."

„Entschuldigung, Frau Ritter. Aber meine Eltern sind nicht da."

„Das ist etwas anderes." Sie ließ nicht locker. „Was ist denn mit deinen Großeltern?"

„Tot."

„Oh, das tut mir leid. Hast du sonst noch Verwandte, die..."

„Leider nein, Frau Ritter."

Turbo wechselte das Thema. „Darf ich noch ein Stück Kuchen haben?"

„Aber liebend gern. Ich bin ja froh, daß es dir so gut schmeckt. Da macht das Kochen wieder Spaß."

„Mir hat es auch geschmeckt“, sagte Michaela und stand gleichzeitig auf. „Ihr müßt mich bitte entschuldigen, aber ich muß nach Hause. Ich habe meiner Mutter versprochen, um vier da zu sein. Sie will noch weg, ich soll auf meinen kleinen Bruder aufpassen.“ Sie reichte Turbo die Hand. „Toll, daß du hier bist.“

Ela verabschiedete sich auch von Frau Ritter und bat darum, Alfred Grüße zu bestellen.

Um den Ausgang zu erreichen, mußten Ela und der sie begleitende Randy durch die große Halle gehen. Da gab es einen großen, offenen Kamin und eine breite Treppe, die von zwei Seiten in die Höhe führte. Die Möbel waren aus Eiche und schienen für die Ewigkeit gebaut zu sein.

„Wenn ich das so sehe“, flüsterte Ela, „habe ich immer das Gefühl, in einem Schloß zu sein.“

„So ähnlich ist es auch.“ Randy öffnete die Tür. Sonnenlicht fiel ihnen entgegen.

Ela folgte ihrem Freund. „Wie gefällt dir Turbo?“ fragte Randy.

„Ich finde ihn stark.“

„Ich auch.“

Ihr Gesicht wurde ernst. „Und die Sache mit dem Schwert? Was hältst du davon?“

„Da steckt etwas dahinter. Vielleicht sogar mehr, als wir bisher annehmen. Turbo kommt mir auch bedrückt vor. Als würde er ein Geheimnis mit sich herumtragen, über das er nicht sprechen kann.“

Ela nickte. „Die beiden Japaner haben mir richtig Angst eingejagt. Dabei wollten sie sicher nur das Schwert. Soll Turbo es ihnen geben, dann hat die arme Seele Ruhe.“

„Das ist wohl nicht so einfach.“

„Kann sein. Sehen wir uns morgen, Randy?“

„Klar, Möpschen.“

Nach dieser Antwort mußte Randy zurückspringen, um einem blitzschnell angesetzten Judogriff zu entgehen. An der offenen Tür blieb er stehen. Ela drohte ihm mit dem ausgestreckten Zeigefinger. „Das bekommst du zurück, warte nur.“

„Ich freue mich schon." Randy schaute noch zu, wie sich Michaela Schröder auf ihr Rad schwang, das neben der Bank an der Hauswand gelehnt hatte. Winkend fuhr sie davon.

Im Eßzimmer saßen seine Mutter und Toshikiara zusammen. Turbo aß soeben sein viertes Stück Streuselkuchen. „Deinem Freund schmeckt es wirklich", sagte Frau Ritter.

„Ich kann eben nicht so viel essen."

„Und ich bin auch satt."

„Möchtest du noch Kakao?"

„Nein danke, Frau Ritter."

Sie wandte sich an ihren Sohn. „Wann wollt ihr die Koffer auspacken? Jetzt oder..."

„Wer so viel gegessen hat, braucht einen Verdauungslauf. Wir gehen runter zum Fluß."

„Ja, das ist gut. Seid ihr zum Abendessen wieder hier?"

Randy verdrehte die Augen. „Schon wieder essen. Willst du uns eigentlich mästen?"

„Keine Sorge, das könnt ihr schon noch vertragen."

Turbo stand auf und bedankte sich in wohlgesetzten Worten für das Essen. Frau Ritter war von der Höflichkeit des Jungen sehr angetan, sie bekam sogar einen roten Kopf, während Randy am Türpfosten lehnte und vor sich hin grinste.

Es war noch ein sehr schöner Nachmittag geworden. Über dem flachen Gelände stand der Himmel wie angemalt. Einige Wolkenfetzen sahen aus wie Wattebälle.

Hinter dem Haus hatte Frau Ritter einen Nutzgarten angelegt, den sie und Alfred bewirtschafteten. Auf der anderen Seite, also vor dem Haus, war Raum genug für einen Parkplatz, für Bäume, wie die beiden Trauerweiden, und auch für eine weißgestrichene Bank. Gartenmöbel standen ebenfalls dort. Die Stühle waren allerdings zusammengeklappt. Aus einem höherliegenden Kellerfenster winkte ihnen Alfred zu. Die Jungen grüßten zurück.

Turbo staunte nicht schlecht über den Wohnsitz der Ritters. „So habe ich mir das nicht vorgestellt, obwohl du davon geschrieben hast."

„Es ist schon klasse."

„Und der Turm da?"

Turbo meinte den mächtig wirkenden Söller an der Westseite. Er wirkte irgendwie als Fremdkörper, als wäre er nachträglich angelegt worden.

„Tja, das ist so ein Ding", gab Randy zu und hob die Schultern. „Der Turm gehört uns eigentlich nicht. Er ist gemietet."

„Ach."

„Von der Firma, für die mein Vater arbeitet. Außerdem ist es uns verboten, ihn zu betreten."

Turbo bekam große Augen. Es stand allerdings auch Neugierde in seinem Blick. „Weshalb denn verboten? So etwas würde mich wieder reizen."

„Mich auch, aber ich lasse lieber die Finger davon. Es gibt Dinge, die soll man in Ruhe lassen. Im Turm arbeitet mein Vater, wenn er zu Hause ist. Er hat dort sein Büro und auch sein Labor. Manchmal führt er Besucher hinein, aber das sind immer ausgesuchte Leute, verstehst du?"

„Ja, glaube ich."

Ein schmaler Weg, mehr ein Pfad, führte hinunter zu den Rheinwiesen, ein großes Gebiet, das bei Hochwasser überschwemmt war. Sie schritten durch das hoch wachsende Gras. Der Boden war noch feucht vom letzten Regen.

Der Strom lag vor ihnen als breites, graues Band. Die Wassermassen schoben sich, von Süden her kommend, in Richtung Norden. Eine träge, mächtige Masse, manchmal aufquirlend, Strudel und Kreise bildend, dann wieder langsam und langweilig dahinziehend.

Der Schiffsverkehr war enorm. Ob Schlepper, Containerschiffe oder auch nur Motorboote, sie alle befuhren den Strom in beiden Richtungen.

Randy hatte die Hände in die Taschen seiner Jeans gesteckt. Er schusserte einen kleinen Stein vor sich her und steuerte eine Trauerweide an, die auf einem kleinen Grashügel stand und deren lange, dünne Zweige sich fast bis zum Boden neigten. Unter der Weide war eine Bank aus roh gezimmertem Holz aufgestellt.

„Das ist mein Refugium", sagte Randy, als er sich setzte.

Zwischen den Zweigen hindurch konnten die Jungen auf den Fluß sehen.

Auch Turbo setzte sich. „Finde ich gut."

„Hier kann man herrlich nachdenken."

„Worüber denn?"

Randy hob die Schultern. Dann beugte er sich vor, winkelte die Arme an und stützte die Ellbogen auf seine Oberschenkel. Beide Handballen drückte er unter sein Kinn. „Über alles. Die Schule, die Eltern, die Freunde. Hier mache ich manchmal auch meine Hausaufgaben."

„Bist du ein guter Schüler?"

Randy lachte. „Nein, eher Mittelklasse. Ela ist gut. Die steht sogar an der Spitze."

„Ich bin auch nicht besonders."

Randy drehte den Kopf nach rechts. Er wollte Turbo anschauen. „Aber in Sprachen...“

„Ja, das kann ich.“

„Und Mathe?“

„Habe ich so meinen Ärger.“

Randy lehnte sich wieder zurück. Im Gegensatz zu Turbo war er ziemlich unruhig. Der Japaner saß fast reglos auf der Bank und hatte die Arme vor der Brust verschränkt. Er blickte auf das Wasser und beobachtete die Schiffe.

„Dafür hast du das Schwert.“

„Leider.“

„Wieso leider?“

„Das kann auch eine Belastung sein. So ein Erbe, weißt du?“

Randy nickte und preßte zwei Finger gegen die Stirn. „Moment mal“, sagte er. „Ein Erbe bedeutet, daß man dir diese Waffe überlassen hat.“

„Stimmt.“

„Und wer gab dir das Schwert?“

„Mein Vater.“

Randy erschrak. Er wurde bleich. Turbo merkte, was in ihm vorging und sprach aus, was Randy dachte. „Du denkst jetzt, daß meine Eltern tot sind, nicht?“

„Genau das. Entschuldige – aber deinen Worten nach mußte ich einfach so denken.“

„Ich glaube nicht, daß sie tot sind.“

Randy mußte sich räuspern. Er war überrascht. Mit dieser Antwort hätte er nicht gerechnet. „Ich habe doch richtig gehört, nicht?“ vergewisserte er sich noch einmal.

„Das hast du.“ Turbo riß einen hohen Unkrauthalm aus dem Boden und ließ ihn durch die Finger gleiten. „Ich kann es dir ja sagen. Meine Eltern sind verschwunden oder verschollen.“

Randy überkam das große Staunen. „Hat man sie vielleicht entführt?“

„Nein, das nicht. Sie mußten weg.“

„Weshalb?“

„Es ging um eine alte Familienfehde, eigentlich um das Schwert. Mehr möchte ich nicht sagen.“

„Und das hast du jetzt."

„So schreibt es die Tradition vor. Der Vater gibt das Schwert immer seinem ältesten Sohn. Es befindet sich seit Jahrhunderten im Besitz unserer Familie."

„Zu Recht?"

„Ja."

„Trotzdem wollen es andere haben."

Turbo lächelte. „Du hast gut kombiniert, Randy. Man ist hinter dem Schwert her."

„Hast du das denn nicht gewußt?"

„Nein, höchstens befürchtet. Meine Eltern sind verschollen, ich bekam das Schwert, nahm es mit und hoffte, daß ich den Verfolgern entgehen könnte. So wie es meine Eltern getan haben."

„Du kannst dir aber nicht sicher sein, daß sie tatsächlich noch am Leben sind."

Turbo gab eine ausweichende Antwort. „Sie werden sich irgendwann bei mir melden."

„Und wenn nicht?"

„Dann wird es schwierig."

Randy nickte. „Befürchte ich auch." Er schaute auf das graue Gewässer. Ein weißes Ausflugsboot fuhr an den Jungen vorbei. Auf dem Deck standen oder saßen die Passagiere und feierten lautstark. Musikfetzen wehten zu den beiden herüber.

„An was denkst du jetzt?"

Randy lachte. „An gewisse Schwierigkeiten. Du müßtest ja irgendwann einmal wieder zurück."

„Das befürchte ich auch."

„Was würde dann geschehen?"

„Keine Ahnung. Ich will darüber auch nicht nachdenken. Viel lieber würde ich hierbleiben."

„Für immer?"

„So lange wie möglich."

Randy lehnte sich zurück. „Das ist ein Ding", sagte er und schüttelte den Kopf. „Damit habe ich nicht gerechnet, daß alles so verlaufen würde. Ein richtiger Klopfer. Ich könnte mir vorstellen, daß aufregende Ferien vor uns liegen."

„Das befürchte ich auch."
„Die beiden Männer hast du nicht gekannt?"
„Nein."
„Könnten sie denn Feinde deiner Eltern sein?"
„Nicht direkt. Man wird sie engagiert haben. Gekauft, begreifst du?"
„Ja."
„Hinter dem Schwert ist eine andere Gruppe her. Ein Clan, der Yamuto heißt."
„In Japan?"
„Dort sicherlich. Aber die Yamutos sind ziemlich reich. Sie haben ihre Finger überall dazwischen, auch in Europa. Ich schätze, daß sie auch hier in Düsseldorf sitzen. Das ist nicht nur eine Familie, sondern auch eine Firma. Sie stellen viele Dinge her, unter anderem Computer. Mein Vater hat mal gesagt, daß sie sehr mächtig sind."
„Und die wollen auch das Schwert?"
„Genau."
„Gehört es ihnen denn?"
Turbo hob die Schultern. „Das kann ich dir nicht sagen, Randy. Was das Schwert angeht, so muß man wirklich weit zurück in die Vergangenheit gehen. Wer kann das schon?"
„Da müßte es doch Unterlagen geben. Schriftstücke oder so?"
„Kann sein."
„Hast du nie nachgeforscht?"
„Ich doch nicht. Höchstens mein Vater." Turbo stand auf und reckte sich. „Er hat selten mit mir darüber gesprochen. Er hatte auch Angst um mich."
„Das begreife ich." Auch Randy stand auf. „Willst du wieder zurück?"
„Nein, zum Wasser."
„Ist gut."
Die Freunde schlenderten stumm nebeneinander her. Jeder hing seinen Vermutungen nach.
„Tut mir wirklich leid, daß ich euch so viel Ärger bereitet habe", sagte Turbo.

„Das läßt sich verkraften."

Sie hatten das Flußufer erreicht. Der Grasboden war gewichen. Sie standen jetzt auf einem mit Steinen bedeckten Uferstrand. Die Wellen rollten klatschend heran und liefen dicht vor ihren Fußspitzen aus. Sie waren schaumig, manchmal schimmerten auch kleine Ölflecken auf dem grauen Wasser.

Der Rhein war immer noch sehr verschmutzt.

Das Ufer gegenüber wurde von einer Baumreihe gesäumt. Dahinter verlief die Straße. Die Autos wirkten klein, wenn sie vorbeifuhren.

Randy schaute auf die Schiffe. Die meisten transportierten Waren. Es waren auch kleinere Boote unterwegs, die Privatleuten gehörten.

Eines dieser Boote schien sich von der Strömung treiben zu lassen. Es war ziemlich dicht an das Ufer herangekommen, wo die Fahrrinne gerade noch tief genug war. Die Entfernung betrug eine gute Steinwurfweite.

Das Boot war breit gebaut. Es mußte unter Deck Platz für mehrere Personen haben. Eine Überdachung war ebenfalls vorhanden. Randy sah, wie zwei Personen den Niedergang hochkletterten und an der Steuerbord-Reling stehenblieben.

Sie schauten geradewegs zum Ufer. Es sah so aus, als wollten sie die beiden Jungen beobachten.

Eine Querwelle lief gegen den Bug des Schiffes. Gischt spritzte hoch, der Kahn begann zu schaukeln.

Auch Turbo hatte die Männer gesehen. „Ob die etwas von uns wollen?" fragte er.

„Weiß ich nicht. Ich kann auch nicht erkennen, ob es die Japaner sind."

„Die hast du nicht vergessen, wie?"

„Nein, bestimmt nicht."

Die Männer hatten etwas hervorgeholt. Sie preßten die Gegenstände vor ihre Gesichter.

„Das können Ferngläser sein", meinte Randy.

„Oder Fotoapparate."

„Auch."

Langsam trieb das Boot vorbei. Hinter dem Heck entstand

kein Schaumteppich. Ein Zeichen, daß der Motor tatsächlich nicht lief. Einer der beiden Männer reckte sich. Er trat dabei zurück, führte eine ungewöhnliche Bewegung aus, und einen Augenblick später blitzte es auf.

„Deckung, die schießen!"

Randy lag schon flach. Turbo warf sich neben ihm zu Boden. Es war keine Schußdetonation zu hören, dafür prallte etwas nicht weit von ihnen entfernt gegen die hellen Steine, glitt dort ab und schlitterte noch ein Stück weiter.

Randy sah es zuerst. „Das ist ein Pfeil!"

Auch Turbo stand auf. Er ging hin, um den Pfeil aufzuheben. Randy beobachtete das Boot, von dem dieser gefährliche Gruß abgeschickt worden war. Die kleine Yacht hatte wieder Fahrt aufgenommen. Randy sah noch, daß am Heck eine deutsche Flagge im Wind flatterte.

Turbo kam zu ihm. Er hielt den Pfeil in der Hand und war blaß geworden. „Der hätte uns erwischen können."

„Vielleicht wollten sie uns nur warnen."

Turbo hob die Schultern. „Wenn ich das richtig sehe, haben sie einen Ninja-Pfeil genommen."

„Ninja?" wiederholte Randy. „Sind das nicht diese Kämpfer, die alles in Grund und Boden hauen."

Turbo lächelte etwas verlegen. „So kann man es auch sagen,

man trifft aber nicht den Kern des Problems. Offiziell gibt es sie nicht mehr in Japan, aber wer kann das schon sagen."

Randy streckte die Hand nach dem Pfeil aus. „Der ist ziemlich schwer. Und mit einer stumpfen Spitze versehen."

„Hätte er uns getroffen, wären wir kaum verletzt worden. Er hatte beim Aufprall auch nicht viel Kraft. Die Kerle wollten etwas von uns. Um die Spitze war eine Botschaft gewickelt." Turbo griff in die Tasche und holte ein zusammengefaltetes Stück Papier hervor.

„Laß mich sehen."

„Kannst du Japanisch?"

„Bis jetzt noch nicht."

„Dann lese ich es dir vor. Hör zu: Das ist die letzte Warnung. Ihr werdet genau um Mitternacht das Schwert an dieser Stelle hier ablegen. Wenn nicht, holen wir es uns..."

Randy gab keinen Kommentar. Er strich verlegen über sein Haar, schaute zum Fluß und hob die Schultern.

„Du sagst ja nichts."

„Mir hat es die Sprache verschlagen. Erlebe ich einen Film, oder ist das Wirklichkeit?"

„Leider kein Kino."

„Das ist eine regelrechte Drohung."

„So sehe ich das auch."

„Und was machen wir?"

„Ich weiß es noch nicht." Turbo hatte mit leiser Stimme gesprochen und starrte auf seine Fußspitzen. „Ich weiß wirklich nicht, wie ich mich verhalten soll."

„Wir müssen Alfred einweihen. Der wird vielleicht eine Lösung wissen. Was ist dir denn lieber? Nachgeben oder..."

„Ich muß noch nachdenken."

„Sollen wir wieder zurückgehen?"

„Mir egal."

Die Jungen nahmen den gleichen Weg. Hin und wieder schauten sie zum Fluß zurück. Die Yacht, von der geschossen worden war, entdeckten sie nicht mehr. Dennoch hatten sie das Gefühl, beobachtet zu werden...

Ein finsterer Plan

Die Yacht war stromabwärts gefahren, bis eine der Anlegestellen in Sicht kam. Sie gehörte zu einem kleinen Hafen, in dem Privatboote dümpelten. Das Gebiet war zum Fluß hin durch Wellenbrecher abgeteilt worden. Von der Seite her mußte man in den Hafen hineinfahren.

Der Steuermann kannte seinen Job. Er war gemietet worden und hatte sich um nichts weiter kümmern sollen.

Die beiden Männer an Deck stützten ihre Hände auf den Handlauf der Reling und schauten zum Ufer. Es waren die Japaner vom Flughafen. Nur trug der Glatzkopf jetzt eine Mütze, damit sein kahler Kopf nicht mehr so auffiel.

Der Mann neben ihm hielt sein Gesicht gegen den Wind. In seinem braunen Anzug wirkte er recht bieder, das allerdings war eine Täuschung.

Shuyo stand Kway, dem Glatzkopf, an Gefährlichkeit in nichts nach. Wenn es sein mußte, waren sie absolut rücksichtslos.

Der Steuermann lenkte das Boot vorsichtig an die Anlegestelle, wo dicke Autoreifen den Aufprall dämpften.

„Sie werden es hoffentlich kapiert haben", sagte Shuyo.

„Und wenn nicht?"

„Sieht es böse aus."

„Für die Jungen?"

„Natürlich. Wir müssen das Schwert haben, sonst kostet es unseren Kopf. Und der ist mir zu wertvoll."

„Meiner auch", erklärte der Glatzkopf.

„Wir hätten ihn erst gar nicht abfliegen lassen sollen und die Sache schon in Tokio erledigen können." Shuyo hob die Schultern. „Es ist zum Glück nicht unsere Schuld gewesen, die Informationen trafen einfach zu spät ein."

„Und seine Eltern?"

„Sind untergetaucht, wie Yamuto sagte."

„Hat er sie auch nicht finden können?"

„Nein, sie halten sich zu gut versteckt."

Das Boot hatte angelegt. Der Steuermann warf einem auf dem kleinen Kai stehenden Helfer eine Leine zu. Der Mann mit der Schiffermütze fing das eine Ende geschickt auf und wikkelte es um einen dicken Eisenpoller.

Der Steuermann tauchte auf dem oberen Deck auf. „Das war's", sagte er. „Wenn Sie wieder einmal etwas brauchen..."

„Sprechen wir mit Ihnen", erklärte Shuyo in gebrochenem Deutsch.

„Würde mich freuen."

Kway sprang als erster von Bord. Sichernd schaute sich der Mann mit der Glatze um. Er gehörte zu den Menschen, die überall Gefahren witterten und bereit waren, blitzschnell zu handeln.

Shuyo stieß ihn an. „Alles klar?"

„Ja, es beobachtet uns niemand."

„Gut."

„Und der Wagen?"

„Wird schon kommen."

Die Japaner verließen das Gelände und wandten sich der Straße zu, die am Ufer entlangführte.

Japaner fielen in Düsseldorf und Umgebung nicht mehr auf. Die Einheimischen hatten sich an sie gewöhnt. So warf den beiden Männern auch kaum jemand einen neugierigen Blick zu.

Bis zu ihrem Treffpunkt mußten sie ungefähr zehn Minuten laufen. Das Lokal, in dem sie einen bestimmten Mann treffen wollten, war im Landhausstil errichtet worden. Es besaß ein Dach aus roten Ziegeln. Die Farbe schimmerte durch das Grün der Bäume.

Der Parkplatz des Lokals war zur Hälfte belegt. Zwar stand die Tür zum Restaurant hin offen, die meisten Gäste aber hatten sich bei diesem Wetter draußen auf den Gartenstühlen unter den schattenspendenden Zweigen und Ästen alter Lindenbäume niedergelassen. Ein schöner Platz mit Blick auf den Fluß.

Die Japaner blieben am Rand des Gartens für einen Moment stehen und schauten sich suchend um. Der Mann, den sie treffen wollten, war noch nicht erschienen.

So suchten sie sich einen Tisch. Möglichst weit weg von anderen Gästen. Eine Kellnerin kam und fragte nach ihren Wünschen. Beide bestellten Tee. Sie bekamen ihn schnell und zahlten auch gleich.

Der Tee schmeckte ihnen nicht. Als Japaner waren sie andere Sorten gewöhnt.

Kway schaute den Schiffen nach. Er hatte seine Sportangler-Mütze wieder abgenommen. Der blanke Kopf leuchtete wie eine glänzende Kugel. Zeit verstrich. Dreimal schon waren neue Gäste erschienen, aber der Mann, auf den sie warteten, hatte sich nicht unter ihnen befunden.

Doch er kam.

Und er war nicht allein.

Neben seinem Leibwächter, einem gewaltigen Ringertyp im schwarzen Anzug, wirkte er klein und schmächtig. Wer ihn nicht kannte, hätte nicht für möglich gehalten, daß dieser weißhaarige Mann mit dem Ziegenbärtchen ein mächtiger Konzernchef war. Er stützte sich auf einen Stock, und sein Leibwächter schritt neben ihm her wie eine menschliche Mauer. Niemand kannte den Namen dieses Burschen, aber man wußte über ihn Bescheid. Und das waren böse Geschichten.

Shuyo und Kway waren aufgestanden. Sie wußten, was sich gehörte, und sie verbeugten sich beide, als Yamuto an ihren Tisch trat. Der Konzernchef hatte bisher eine Sonnenbrille getragen. Jetzt nahm er sie ab. Man blickte in wasserhelle Augen. Ein Ausdruck oder Gefühle waren darin nicht zu erkennen.

Shuyo und auch Kway wurden klein in ihren Stühlen, als die Augen sie anstarrten. Die Frage, auf die sie gewartet hatten, kam ziemlich schnell, kaum daß Yamuto sich gesetzt hatte. „Ihr habt das Schwert nicht bekommen?"

„Nein!" sagte Shuyo.

„Und weshalb nicht?"

Shuyo konnte sich die Antwort noch überlegen, weil gerade die Kellnerin zu ihnen kam. Yamuto bestellte zweimal Mineralwasser.

„Es war nicht so einfach. Am Flughafen hätten wir es fast geschafft, aber sie wehrten sich."

Yamuto lachte fast lautlos. „Zwei Kinder?“

„Und ein Erwachsener. Sie waren eben schneller. Außerdem schienen sie etwas geahnt zu haben.“

„Wie ging es weiter?“

„Wir schickten ihnen ein Ultimatum. Bis Mitternacht wollen wir die Waffe haben. Wenn nicht, müssen wir zu härteren Mitteln greifen. Das ist doch erlaubt?“

„Ja, ich will das Schwert besitzen. Ich muß es haben. Es gehört uns und nicht dieser anderen Familie.“ Yamutos Stimme bebte vor Wut.

Das Mineralwasser wurde serviert und auch sofort bezahlt.

„Morgen früh will ich das Schwert in meinen Händen halten!“ sagte Yamuto mit scharfer Stimme. „Wenn nicht, mache ich euch verantwortlich. Dann werdet ihr den Weg in die Heimat als Tote zurücklegen. Haben wir uns verstanden?“

„Ja, Herr!“

Die Täuschung

„Michaela hat angerufen!" Mit diesen Worten empfing Frau Ritter die beiden zurückkehrenden Jungen.

„Was wollte sie denn?"

„Ob ihr heute abend bei ihr vorbeikommt?"

Turbo und Randy schauten sich an. Frau Ritter sah nicht, daß die beiden sich zuzwinkerten. „Nein, Mutti, ich bleibe mit Turbo hier. Wir haben uns so viel zu erzählen, daß es einfach nicht geht."

„Ich verstehe das schon." Frau Ritter war der Pfeil erst jetzt aufgefallen, den Turbo in der Hand hielt. „Wo hast du den denn her?" fragte sie.

„Ach ja, das war so..."

„Wir haben ihn gefunden." Randy eilte dem Freund zu Hilfe.

„Einen Pfeil?"

„Warum nicht?"

„Wer wirft denn so etwas weg?"

„Kann ich dir auch nicht sagen. Er lag am Ufer. Wir jedenfalls sind keine Umweltverschmutzer. Daher haben wir ihn aufgehoben und mitgenommen. Ist das schlimm?"

„Natürlich nicht."

„Wir gehen dann auf mein Zimmer."

Marion Ritter schaute auf die Uhr. „Ihr wißt, wann ich das Essen fertig habe?"

„Wie immer, Mutti?"

„Ja, um neunzehn Uhr."

„Was gibt es denn?"

„Kalte Küche, mein Lieber. Keine Fritten und auch keine Currywurst. Etwas Anständiges. Kartoffelsalat."

Randy bekam große Augen. „Der ist stark, Turbo. Meine Mutter ist übrigens eine der besten Kartoffelsalat-Herstellerinnen im gesamten Rheinland."

„Jetzt aber raus mit euch", rief Marion Ritter lachend. „Auf den Arm nehmen kann ich mich allein."

„Irgendwann machen wir beide das“, lachte Randy.

In seinem Zimmer war die gute Laune sofort verschwunden. Randy haute sich auf sein Bett und ließ die Beine über die Kante hängen. Turbo starrte Randy an und fragte: „Was machen wir jetzt?“

„Auspacken!“ schlug Randy vor. „Die Koffer, meine ich.“

„Und wo soll ich schlafen?“

„Na hier. Du kannst auch ein Gästezimmer haben. Das überlasse ich dir. Erst pack mal aus.“

Turbo grinste. „Du willst das Schwert sehen?“

„So ist es.“

Turbo stand auf und kippte den Koffer, damit der Deckel oben lag. Er holte aus seiner Geldbörse einen kleinen Schlüssel und öffnete die beiden Schlösser.

Randy war näher getreten. Turbo machte es spannend, denn er stemmte den Deckel nur langsam hoch.

„Nun mach schon.“

„Da, bitte.“

Randy prustete. „Und das soll ein Schwert sein?“ fragte er.

„Nein, das ist Wäsche.“

„Und das Schwert?“

Turbo schaufelte die Unterwäsche mit beiden Händen zur Seite. Darunter kam ein länglicher Behälter aus Holz zum Vorschein, ähnlich geformt wie ein Geigenkasten.

„Ist es da...“

„Ja.“ Turbo suchte nach dem Griff, packte ihn und zog den Kasten hervor. Er stellte ihn neben dem Koffer ab.

„Willst *du* ihn aufklappen, Randy?“

„Das ist doch dein Schwert.“ Randy ging in die Hocke und strich über das Holz. „Mein lieber mein Vater, das sieht richtig kostbar aus.“

„Ist es auch.“

„Und was?“

„Palisander.“

„Hört sich teuer an.“ Randy kam wieder hoch.

Turbo kniete sich jetzt auf den Boden. Das Gehäuse war ziemlich flach. Das Schloß befand sich in der Mitte.

Dafür besaß der Junge aus Japan noch einen Extraschlüssel. Den hatte er an einer kleinen Kette um den Hals hängen. Er zog ihn vorsichtig hervor und streifte die Kette über den Kopf.

Randy war zur Seite getreten. Er beobachtete nur. Nichts lenkte die beiden Jungen ab. Sie hörten nur mehr ihren eigenen Atem, dann erklang ein leises Klacken, als das Schloß endlich offen war und Turbo den Deckel in die Höhe klappen konnte.

„Da ist es", sagte er. In seiner Stimme schwang eine gehörige Portion Stolz mit.

Randy trat nahe heran.

Das große Etui war innen mit dunkelblauem Samt ausgeschlagen. In der unteren Schale bildete der Samt ein schmales Bett, in dem die kostbare Waffe steckte.

„Ohhh..." Randy sagte nichts weiter. Er konnte nur staunen, als er das Schwert endlich sah.

„Nun?"

„Meine Güte!" Randy strich über seine Wangen. „Da fehlen einem ja die Worte. So etwas habe ich noch nie gesehen. Ehrlich nicht."

„Es ist auch einmalig."

„Und das gehört dir?"

„Nicht ganz. Meiner Familie. Es ist sehr alt und wirklich kostbar." Turbo nahm es jetzt aus dem Samtbett. Sehr behutsam faßte er zunächst den Griff an, kantete die Waffe etwas und legte danach die andere Hand flach unter die Klinge.

So hob er die Waffe hoch, und Randy trat rasch zur Seite, als er sah, daß Turbo sie auf das Bett legen wollte.

Turbo lächelte, als er seinem Freund zunickte. „Du kannst es dir ansehen. Tritt ruhig näher, es beißt nicht."

„Ich... ich... weiß nicht." Er hob die Schulter. „So etwas habe ich noch nicht einmal im Museum gesehen."

„Schau es dir an, nimm es hoch, du wirst begeistert sein."

Randy kniete sich vor das Bett. Das Schwert war ziemlich schmal. Jedenfalls besaß es keine so breite Klinge wie die Waffen, die Randy in alten Ritterfilmen gesehen hatte. Es hatte mehr die Form eines Degens, lief unten spitz zu und bestand aus einem Stahl, der bläulich schimmerte.

Der Griff war ebenso breit wie die Klinge. Zur Hand hin hatte er einen Schutz. Am Ende des Griffes war die Form oval, zum Handschutz hin lief sie schmaler zu.

Randy suchte nach eingravierten Zeichen, konnte aber keine entdecken. Klinge und Griff waren blank wie ein Rasiermesser.

Turbo hatte ihm erlaubt, das Schwert einmal anzuheben. Das tat Randy jetzt. Er griff ebenfalls sehr vorsichtig zu, wollte auf keinen Fall etwas verkehrt machen und strich mit der Fingerkuppe an der Seite entlang.

Fast hätte er sich geschnitten, denn das japanische Schwert

war auch an den Seiten scharf. Derjenige, der es einst hergestellt hatte, mußte ein Meister seines Fachs gewesen sein.

Mit der rechten Hand umklammerte Randy den Griff. Er holte noch einmal tief Luft, bevor er die Waffe hochstemmte und sich wunderte, wie schwer sie war.

So nahm er auch die zweite Hand zur Hilfe, schwang die Klinge herum und hob sie so weit an, daß er sie wie eine Kerze in den Händen halten konnte und die Spitze der Klinge gegen die Decke wies.

„An was denkst du jetzt, Turbo?"

„Meine Eltern. Sie haben es lange bewacht. Jetzt mußten sie fliehen. Ich weiß nicht, ob sie noch leben."

Randy spürte eine Gänsehaut auf dem Rücken. Er konnte Turbo gut verstehen. Auch sein Vater war sehr oft unterwegs. Er und die Mutter hofften jedesmal, daß er von seinen beruflichen Reisen gesund nach Hause kam. „Das wird schon werden."

„Ja, ich hoffe es."

Randy wurde das Schwert allmählich zu schwer. Er drehte sich und senkte die Klinge wieder dem Bett entgegen, auf das er es niederlegte. „Da kann es bleiben."

Turbo legte ihm die Hand auf die Schulter. „Kannst du jetzt verstehen, daß es mir so schwer fällt?"

„Ja, das glaube ich."

„In dieser Nacht muß ich es hergeben." Turbo schüttelte den Kopf. „Das hätte ich nie gedacht. Ich habe angenommen, hier bei dir sicher zu sein. Aber mein Vater hat mich gewarnt. Er hat mal gesagt, daß sie überall ihre Leute haben. Die Familie Yamuto ist mächtig, die können Menschen zerquetschen, sagt man."

„Wenn sie das Schwert haben, ist dann alles vorbei?" fragte Randy.

„Was meinst du damit?"

Randy setzte sich in einen Sessel und legte die Beine hoch. „Hast du dann deine Ruhe und würden deine Eltern wieder zurückkehren, wenn sie alles wüßten?"

„Die Frage ist schwer zu beantworten. Wir sind keine Deutschen, weißt du. Bei uns gibt es noch Traditionen." Turbo sah Randys Nicken und fuhr fort. „Mein Vater würde es mir, so glaube ich, wohl nie verzeihen, wenn ich das Schwert freiwillig abgebe."

„Auch nicht, wenn du damit am Leben bleibst?"

„Das ist schwierig." Turbo räusperte sich und wischte sich über die Augen. „Wie würdest du denn an meiner Stelle handeln, Randy?"

„Oh, das ist schwer." Randy nahm die Beine wieder vom Tisch. „Da kann ich auch nichts zu sagen."

„Du bist mein Freund und mußt ehrlich sein."

„Wie groß ist deine Angst?"

„Was meinst du?"

„Ich meine die Angst vor den Männern und dieser Familie Yamuto?"

„Wie soll ich das sagen, Randy? Mir fehlen einfach die richtigen Worte." Turbo deutete auf seine Brust. „Hier drinnen, weißt du, da sitzt es wie ein Kloß. Mein Wegfliegen aus Tokio war wie eine Flucht. Jetzt bin ich hier, und der Druck hält an."

„Verstehe ich. Es geht ja auch um deine Eltern."

„Sicher."

Randy stand mit einem Ruck auf und ging zum Fenster. Er schaute in den Garten. Weit im Hintergrund sah er das graue Band des Stromes. „Eigentlich war es verantwortungslos von deinen Eltern, dir das Schwert zu überlassen und selbst zu flüchten."

„Jeder will überleben, uns gehört nun einmal das Schwert. Die anderen sind gemeine Diebe."

Randy drehte sich um. Er sprach in den Raum hinein. „Okay, Turbo, ich muß dir glauben."

„Eine Lösung hast du auch nicht. Noch einmal. Wie würdest du an meiner Stelle handeln, wenn du das Schwert hättest?"

„Ist es denn sicher, daß du deine Eltern wiedersiehst, wenn du den Kerlen das Schwert überläßt?"

„Nein!"

„Dann wäre das Schwert also der einzige Trumpf, den wir besitzen?"

„Richtig."

Randy regte sich auf. „Du machst mir die Entscheidung verflixt schwer. Die können uns immer reinlegen..." Er begann damit, im Zimmer auf und ab zu wandern und schlug dabei seine rechte Faust gegen die linke Handfläche, blieb plötzlich stehen und nickte Turbo zu. „Auch wenn du mich jetzt für einen hartherzigen Burschen hältst, ich würde ihnen das Schwert ohne Garantien nicht geben. Ich würde es behalten, Turbo. Das ist meine Meinung."

Der fünfzehnjährige Japaner sagte zunächst einmal nichts. In seinem Gesicht rührte sich kein Muskel. Es wirkte wie geschnitzt.

„Schlimm, nicht?"

Turbo schüttelte den Kopf. „Nein!" flüsterte er. „Das ist es überhaupt nicht. Ich bin zu einem ähnlichen Entschluß gekommen. Ich wollte nur, daß du deine Meinung sagst."

„Ist ja wahne. Da habe ich mich so gequält."

„Sorry."

„Schon gut. Ich habe dir meine Meinung gesagt. Die Entscheidung aber liegt bei dir."

Turbo nahm das Schwert hoch. Er hielt es wie einen kostbaren Schatz. „Nein!" sagte er leise. „Nein, ich gebe dich nicht her. Ich breche nicht aus. Ich werde es behalten."

„Dann mußt du auch auf deinen Zettel schauen, auf dem uns die Kerle die Frist gesetzt haben."

„Was meinst du damit?"

„Ist doch klar. Wenn wir nicht kommen, gibt es Zoff, wenn wir ohne Schwert kommen, ebenfalls."

„Wir müssen uns was einfallen lassen."

„Das ist leichter gesagt als getan."

„Hast du keine Idee?"

„So schnell auch nicht."

Turbo legte das Schwert wieder in den Kasten, klappte ihn aber nicht zu. „Ob wir Alfred fragen?"

„Nein, den lassen wir erst mal aus dem Spiel. Alfred ist zwar ein dufter Kumpel, aber ziemlich besorgt. Der würde gleich meiner Mutter Bescheid sagen."

„Ihr habt doch auch eine Polizei."

„Klar haben wir die. Sogar eine gute. Ein Bekannter meiner Eltern ist bei der Kripo. Kommissar Hartmann. Aber der würde uns auslachen, wenn wir zu ihm kämen. Was haben wir denn in der Hand? Gar nichts. Ein Schwert, einen Verdacht, einen zerstochenen Reifen, einen Pfeil, die Warnung oder Drohung, aber nichts, das ein Eingreifen der Polizei gerechtfertigt hätte."

„Dann bleibt es bei uns hängen."

„Sehr richtig."

„Zum Glück haben wir noch Zeit."

Randy schaute auf die Uhr. „Ja, bis Mitternacht, aber Mutter wird gleich rufen, damit wir ..."

Frau Ritter rief nicht, sie klopfte an die Tür. „Kann ich zu euch kommen?"

„Klar doch." Randy legte einen Finger auf die Lippen. Turbo nickte, er hatte verstanden. Bevor Frau Ritter das Zimmer betrat, klappte er noch schnell den „Geigenkasten" zu und schob ihn unter das Bett.

„Ach nein, die beiden Herren. Wie ich es mir gedacht habe. Niemand hat einen Koffer ausgepackt."

„Das wollten wir noch machen, Mutti. Wir haben uns eben verquatscht."

„Klar, wie die Mädchen. Wie ist das mit Turbo? Möchte er hier bei dir schlafen, oder soll ich ihm das Gästezimmer herrichten?"

„Nein, ich schlafe bei Randy."

„Dann wirst du das zweite Bett aus dem Regal kippen müssen. In einer Viertelstunde können wir übrigens zu Abend essen. Denkt daran. Wir sind heute abend nur zu dritt."

„Wo ist denn Alfred?"

„Er wollte in die Stadt."

„Hat der es gut."

„Da könnt ihr ja morgen hinfahren." Marion Ritter war schon an der Tür, erinnerte die beiden noch einmal an die Zeit und verließ den Raum.

„Das war knapp", sagte Randy. „Wenn sie das Schwert gesehen hätte, ach je, die Fragen wären nur so auf uns hereingeprasselt."

„Aber eine Lösung hast du auch nicht?"

„Fast."

„Wieso denn?"

„Mir ist da etwas eingefallen." Randy setzte sich auf die Bettkante. „Laß mich noch zwei Minuten nachdenken, dann wirst du den Sherlock Holmes vom Rhein erleben."

„Gut. Ich bin geduldig."

„Das habe ich gesehen." Randy bewegte seine Finger im Takt einer Melodie, die wohl nur er hörte. Es dauerte nicht einmal zwei Minuten, bis er Turbo starr anblickte. „Das ist der Klopfer", erklärte er. „Das ist genau die Chance."

„Rede schon."

„Wir treffen uns mit denen."

„Deshalb hast du so lange überlegt?"

„Laß mich doch ausreden. Wir gehen hin und nehmen auch das Schwert mit." Turbo wollte wieder protestieren, doch Randy streckte seinen Arm aus. „Nein, es wird nicht das Schwert sein, das sie haben sollen. Wir tauschen es einfach aus."

„Wie?"

„Wir legen ein anderes hinein."

„Hast du denn so etwas?"

„Klar, aus meiner Kinderzeit. Da haben wir Ritter gespielt. Mein Vater hat mir mal ein Holzschwert gebastelt. Es hat zwar nicht die gleiche Länge, ist auch viel leichter, aber wir packen es in den komischen Geigenkasten und ab damit. Hinzu legen wir noch ein paar Steine, damit das Ding schwerer wird. Du, die legen wir rein, daß ihnen die Tränen in die Augen steigen."

„Ich glaube, du hast vergessen, wie gefährlich sie sind. Wenn die merken, daß wir sie getäuscht haben, sind wir unseres Lebens nicht mehr sicher."

„Das wollen wir erst noch sehen. So leicht lasse ich mich auch nicht einmachen."

„Es ist riskant."

„Stimmt. Wenn sie dann zurückkommen, alarmiere ich Kommissar Hartmann."

„Und du meinst, das klappt mit dem Kommissar?"

„Sicher." Randy ging schon zur Tür, wurde aber durch Turbos Ruf aufgehalten.

„Mal ehrlich, hast du kein schlechtes Gewissen dabei oder etwas Angst?"

„Von beidem ein wenig."

„Dann bin ich beruhigt. Ich nämlich auch."

Sie lachten, aber es klang nicht echt. Von unten her hörten sie das Klappern des Geschirrs.

„Meine Mutter hat in der Küche gedeckt. Das höre ich am Schall!"

Die Küche war geräumig, viereckig angelegt und besaß zwei Fenster. An den Seiten hingen bunte Stoffgardinen.

„Setzt euch auf die Bank. Ich bin gleich soweit."

„Können wir dir noch helfen, Mutti?"

„Nein, heute nicht. Später vielleicht. Ich habe Tee gekocht. Ist das recht?"

Turbo und Randy nickten synchron. Eigentlich hätten sie Hunger bekommen müssen bei den Dingen, die auf dem Tisch standen. Verschiedene Wurstsorten, Käse, Brot und natürlich der herrliche Kartoffelsalat, den Frau Ritter noch mit den Hälften von Tomaten und hartgekochten Eiern dekoriert hatte.

„Greift zu. Die Würstchen sind auch gleich heiß."

„Was sind Würstchen?" fragte Turbo.

„Leckere... na ja... sie schmecken. Besonders mit Affenkacke. Kennst du das?"

„Randy, ich bitte dich!"

„Wieso, Mutti? Das ist doch mein Spezialausdruck. Also, ich sage eben Affen..."

„Randy!"

„Es ist Senf."

Frau Ritter stellte den Teller mit den heißen Würstchen auf den Tisch. Insgesamt sechs duftende...

„Hot dogs!" rief Turbo. „Jetzt weiß ich, was man unter Würstchen versteht."

„Die magst du aber?“

„Sicher, Frau Ritter. So etwas gehört zu meinen Lieblingsspeisen. Sie glauben gar nicht, wie westlich orientiert Tokio ist. Da können Sie alles kaufen, auch Hot dogs.“

„Dann bin ich ja zufrieden, daß ich euch satt bekomme.“ Marion Ritter setzte sich zwischen die beiden Jungen und ließ sich von ihrem Sohn Tee einschenken.

Was Turbo verputzen konnte, war schon phänomenal. Er aß vier Würstchen, trank mehrere Tassen Tee und probierte natürlich den herrlichen Kartoffelsalat.

Randy aß nicht einmal die Hälfte. Das merkte seine Mutter natürlich. „Was ist mit dir?“

Er hob die Schultern. „Ich habe keinen Appetit.“

„Wieso nicht?“

„Vielleicht ist es die Aufregung, Mutti.“

Marion Ritter runzelte die Stirn. Sie schaute ihren Sohn skeptisch an. Er hatte sie mit seiner Erklärung nicht überzeugen können. „Dann müßtest du eigentlich auch früh zu Bett gehen.“

„Dagegen habe ich nichts.“

„Das ist ja ein Ding.“ Frau Ritter bekam große Augen. „Du gehst freiwillig und ohne zu murren zeitig ins Bett? Da brauche ich einen Kalender, um das anzustreichen.“

Turbo schlug in die gleiche Kerbe: „Mich hat der lange Flug ebenfalls angestrengt. Außerdem muß ich noch mit der anderen Zeit zurechtkommen.“

„Bei dir kann ich das verstehen.“

Randy griff zur Teekanne und füllte seine Tasse. „Es ist so, Mutti. Wir wollten gleich schon nach oben.“

„Die Koffer auspacken?“

„Auch das.“

„Mir ist es recht. Oder läuft irgendein Film?“

„Nein, das Programm heute kannst du vergessen.“

„Dann will ich eurem Schlafdrang nicht mehr im Wege stehen. Ich räume hier allein ab.“

„Gute Nacht, Frau Ritter“, sagte Turbo. „Es hat alles sehr gut bei Ihnen geschmeckt.“

„Das habe ich gesehen.“ Sie wandte sich an ihren Sohn. „Soll ich noch zu euch hochkommen?“

„Nein, Mutti, wir kommen allein zurecht.“

Die beiden hatten es eilig, wieder auf ihr Zimmer zu kommen. „Hat sie wirklich nichts bemerkt?“ fragte Turbo.

„Das glaube ich nicht.“

„Wäre mir ja peinlich.“

„Erklärungen können wir später noch immer abgeben.“ Randy drückte die Tür auf. Im Zimmer öffnete er den Schrank. Auf einer Stange hingen die Bügel mit seinen Kleidungsstükken. Hemden, Jeans, T-Shirts, einige Jacken und Westen.

Darunter, auf dem Schrankboden, lag Spielzeug. „Ich wollte es mal auf dem Flohmarkt verkaufen, deshalb liegt es hier.“

Turbo wußte nicht, was ein Flohmarkt war, und sein Freund erklärte es ihm, während er weitersuchte und plötzlich laut aufjubelte. „Ich habe es gefunden.“

Randy sang den Satz, kam hoch und drehte sich um. Das Holzschwert hielt er in der Rechten. „Na, was sagst du?“

„Sieht komisch aus.“

„Finde ich auch. Aber es wird bestimmt passen.“

Das Schwert war nicht so lang wie die normale Klinge. Zudem zeigte es einen bronzefarbenen Anstrich. Bis auf den Griff. Der war mit schwarzer Farbe bemalt worden.

Turbo holte den „Geigenkasten“ unter dem Bett hervor und klappte ihn auf. Er nahm seine Waffe heraus. „Wohin damit?“

„Unter das Bett.“

„Okay.“ Die wertvolle Klinge verschwand darunter.

„Ich muß mein Zimmer selbst sauberhalten. Meine Mutter kontrolliert nur hin und wieder. Das dauert etwas, bis sie hier wieder den Feldwebel spielt.“

Sie mußten beide grinsen, als sie das Schwert in den „Geigenkasten“ gelegt hatten. „Sollen wir überhaupt noch Steine hineinlegen?“ fragte Turbo.

„Klar, die finden wir unten am Rhein.“ Randy überreichte Turbo den „Geigenkasten“. „Alles paletti?“

„Heißt das auch okay?“

„So ungefähr.“

„Wegen mir ja."

„Dann wollen wir warten, bis es dunkel geworden ist."

„Und deine Mutter?"

Randy winkte ab. „Wie ich die kenne, geht sie früh zu Bett. Wir schleichen uns raus."

Turbo nickte. „Hoffentlich geht alles gut..."

Treffen um Mitternacht

Es war genau eine Stunde vor der gesetzten Frist, als sich die zwei Jungen auf den Weg machten. Das Zimmer hatten sie bereits verlassen, und sie waren dabei, auf der großen Treppe nach unten zu schleichen.

In dem schloßähnlichen Gebäude war es auch während der Nacht nie völlig dunkel. Frau Ritter ließ stets einige Lampen brennen, sie fühlte sich dabei sicherer, wie sie sagte.

Als die beiden den Lichtschein durchquerten, warfen ihre Körper lange Schatten. Diese krochen mit den Jungen lautlos die Treppe hinab. Zum Glück lag ein Teppich auf den Stufen. Er dämpfte die Schritte bis zu völliger Geräuschlosigkeit.

In der Halle blieben sie stehen. Turbo trug das Schwert. Er war ins Schwitzen gekommen und fuhr mit dem Handrücken über seine Stirn. Dann deutete er auf die Eingangstür.

Randy schüttelte den Kopf. Er bewegte seinen Finger im Kreis und hauchte: „Hintertür."

Turbo hielt sich sehr dicht hinter seinem Freund. Obwohl sie Taschenlampen bei sich trugen, verzichteten sie darauf, Licht zu machen. Randy fand sich auch im Dunkeln zurecht.

Frau Ritter ließ sich nicht blicken. Sie war aber noch nicht zu Bett gegangen. Aus dem großen Wohnraum hatten die Jungen Geräusche gehört. Dort lief der Fernseher.

Endlich erreichten sie die Hintertür. Randy hielt den schmalen Schlüssel schon in der Hand. So behutsam wie möglich führte er ihn in das Schloß, drehte den Schlüssel zweimal herum, dann war die Tür offen. Vorsichtig drückte er die Klinke. Beide hielten den Atem an, als Randy die Tür aufstieß.

Sie „meldete“ sich. Das Knarren und Knarzen der Angeln hörte sich unangenehm an und klang so verflucht laut in der Stille. Leider war es nicht zu vermeiden. Randy öffnete die Tür nur so weit, bis der Spalt breit genug war, um sie durchschlüpfen zu lassen.

Im Gegensatz zum Nachmittag hatte es sich abgekühlt. Die kältere Luft streifte ihre Gesichter wie ein kühler Hauch. Turbo war einige Schritte vorgegangen, während sein Freund die Tür wieder schloß. Randy huschte auf Turbo zu.

„So, jetzt geht es mir besser. Meine Mutter hat nämlich Ohren wie ein Luchs. Die hört viel zu gut.“

„Reicht eigentlich die Zeit noch?“ fragte Turbo, der auch hier draußen noch flüsterte.

„Klar, das packen wir immer.“

„Hast du Angst?“

„Komisch ist mir schon.“

„Mir auch.“

„Aber komm jetzt.“ Randy stieß seinen Freund an. „Zuviel Zeit haben wir auch nicht.“

Sie hielten sich dicht an der Hauswand, weil sie dort die beste Deckung fanden. Weit über dem Dach des schloßartigen Hauses lag der dunkle Nachthimmel. Er war wolkenverhangen. Weder Mond noch Sterne zeigten sich. Diese Nacht gehörte zu den finsteren.

Randy fand den schmalen Pfad mit traumwandlerischer Sicherheit. Obwohl sie die Dunkelheit schützte, bewegten sie sich nicht aufrecht. Die beiden gingen geduckt und schlichen sich wie Diebe an.

Die Taschenlampe brauchte Randy nicht einzuschalten. Er fand sich auch weiterhin gut zurecht. Im Gegensatz zum Tage wirkte die Gegend einsam, verlassen und auch unheimlich, wie Turbo meinte. Er deutete dabei auf die dünnen Nebelschwaden, die vom Fluß lautlos herbeiwehten und sich wie Leichentücher, grauweiß und kriechend über den Boden legten.

Sie waberten auch um die Beine der Jungen, stiegen aber nie höher als bis zu den Hüften.

Je mehr sie sich dem Fluß näherten, um so lauter wurde das Rauschen. Ein steter Gesang von geisterhaften Wesen, dazwischen das Klatschen der Wellen, die auf den flachen, mit Steinen übersäten Sandbänken ausliefen.

Auch die Trauerweiden hatten in der Nacht ein fremdes Aussehen bekommen. Sie glichen unheimlichen Monstren, die sich gebückt hatten und ihre halbrunden Buckel in die Höhe streckten.

Die Trauerweiden waren auch das Ziel der Jungen, denn dort stand die Bank.

Schon jetzt schauten sie sich um, ob sie bereits erwartet wurden. Sie setzten ihre Schritte vorsichtig, schlichen über den weichen Pfad und schauten zu, wie der vom Fluß her wehende Wind die langen Grashalme zur Seite kämmte.

Der Dunst war dichter geworden. An manchen Stellen hatte er sich zu Wolken verdichtet, die über den Erdboden rollten wie grauweiße Bälle und überall ihre Feuchtigkeit ablagerten.

Auch auf die Bäume und die alte Holzbank, die zwanzig Minuten vor der vereinbarten Zeit von den beiden Jungen erreicht wurde.

Turbo stellte den „Geigenkasten" auf die Bank. Er schüttelte sich und schaute zum Fluß.

„Was hast du?"

„Mir ist so komisch."

„Angst?"

„Nicht direkt, aber der Nebel gibt auch diesen Kerlen Dekkung. Ob sie schon da sind?"

„Glaube ich nicht." Randy schaute zum Fluß. Sie hörten das Wasser gurgeln und schmatzen. Schiffe waren um diese Zeit nicht mehr unterwegs.

„Sie können auch vom Rhein her kommen", sagte Turbo.

„Ja, vielleicht." Randy hatte sich auf die Bank gesetzt und blickte in die grauen Wolken, die vom Ufer langsam und lautlos

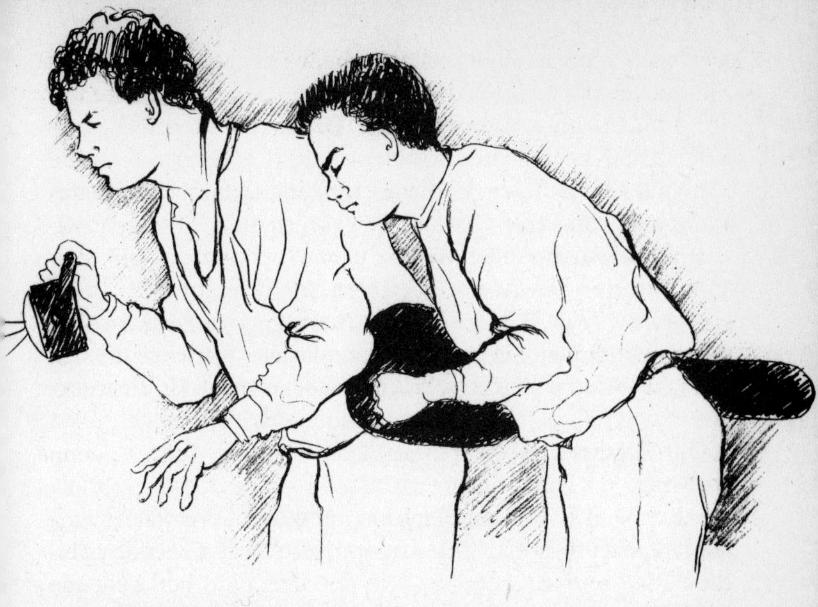

herbeitrieben. Wer Phantasie besaß, konnte darin auch Gestalten erkennen. Unheimliche Geisterwesen, verlorene Seelen, Monstren, Abgesandte aus einem Reich der Toten.

Mittlerweile hatten sie sich auch an die Stille gewöhnt. Das Rauschen des Flusses hörten sie kaum noch, ihr Interesse galt den Geräuschen in der unmittelbaren Umgebung.

„Ich schaue mich mal um“, sagte Randy.

Turbo schluckte. „Bleib nur nicht zu lange weg.“

„Keine Sorge, ich behalte dich im Auge.“ Er blickte auf seine Uhr. „Nicht mal zehn Minuten. Eigentlich müßten sie schon unterwegs sein.“

„Die kommen bestimmt vom Fluß.“

„Wieso meinst du das?“

„Da haben sie die meiste Deckung. Vielleicht ankern sie und rudern zum Ufer.“

„Damit müssen wir rechnen. Also, ich drehe jetzt die Runde.“

Turbo nickte. Er versuchte zu lächeln. Das mißlang ihm. Es wurde nur ein Grinsen daraus.

Randy Ritter verschwand hinter der Trauerweide. Turbo vernahm noch für ein paar Sekunden seine Schritte, dann waren auch sie nicht mehr zu hören. Die große Einsamkeit umgab den auf der Bank hockenden Jungen. Er spürte die kalte Haut auf seinem Rücken, die im Nacken begann und hinunter bis zum letzten Wirbel lief.

Noch fünf Minuten.

In Turbos Kehle wurde es eng. Er konnte nicht mehr sitzen bleiben, da er das Gefühl hatte, Ameisen in den Beinen zu haben. Deshalb stand er auf. Seine Knie waren weich geworden. In diesen Augenblicken wünschte er sich weit weg. Überdies sah er von seinem Freund nicht einmal eine Haarspitze. In der Kehle saß ein Kloß. Der Junge überlegte, was er tun würde, wenn sie plötzlich vor ihm standen. Der Dunst war so dicht geworden, daß sie an die Bank ungesehen herankommen konnten und erst entdeckt würden, wenn sie direkt davorstanden.

Er hörte Schritte!

Waren sie das?

Turbo drehte sich nach links, sah eine Gestalt und vernahm Randys leise Stimme. „Ich bin es nur."

„Hast du sie gesehen?"

„Nein." Randy kam näher. Er hatte Steine gesammelt. „Hier, die hätten wir fast vergessen."

Turbo öffnete hastig den „Geigenkasten". Die Jungen legten die Steine so hinein, daß sich ihr Gewicht gleichmäßig verteilte. Dann schlossen sie den Behälter wieder.

„Wie spät?"

Randy schaute auf die Uhr. „Noch eine Minute."

„Sechzig Sekunden warten!" flüsterte Turbo. Er wischte seine Handflächen an den Hosenbeinen ab. „Das geht an die Nerven. Wenigstens bei mir. Und bei dir?"

„Ist es auch nicht anders."

„Ich wäre ja froh, wenn sie uns versetzt hätten", sagte der Freund aus Japan.

„Daran glaube ich nicht. Die haben einfach schon zu viel eingesetzt." Randy holte tief Luft.

„Was hast du?"

„Mitternacht, Turbo. Jetzt ist genau Mitternacht. Geisterstunde." Er lachte leise.

„Und sie sind nicht da."

„Doch", sagte Turbo und deutete nach vorn, zum Wasser hin. „Da sind sie, verflixt."

Sie waren selbst nicht zu sehen, aber ihre eingeschalteten Taschenlampen leuchteten dumpf wie gelbe Katzenaugen, vor die man Tücher gehängt hatte.

Randy und Turbo rührten sich nicht. Obwohl sie mit dem Auftauchen der Männer hatten rechnen müssen, waren sie doch geschockt, sie jetzt vor sich zu sehen.

Die beiden kamen langsam heran. Jetzt waren ihre Schritte zu hören, die über den weichen Boden schleiften. Wie gespensterhafte Wesen schälten sie sich aus dem Mischmasch von Dunst und Dunkelheit.

Die Jungen standen mit dem Rücken zur Bank, auf der auch das Schwert lag. Ihre Kniekehlen berührten die vordere Kante der Sitzfläche. Sie spürten beide, daß ihnen der Kragen eng geworden war, und sie wagten nicht, sich zu rühren.

Es waren tatsächlich die beiden Japaner, das konnten sie endlich erkennen. Die Glatze des einen leuchtete wie eine Kugel. Er schwenkte auch seine Lampe und leuchtete Turbo direkt ins Gesicht. Der wurde geblendet und schloß die Augen.

„Da haben wir ja unseren kleinen Ausreißer." Der Glatzkopf sprach den Satz in einem gebrochenen Deutsch.

Der Kerl im braunen Anzug blieb neben Randy stehen. Er beobachtete ihn aus kalten Augen, während sein Kumpan Turbos Arm umklammert hielt und ihn hart drückte.

Er redete auf japanisch schnell auf den Jungen ein. Randy verstand von der Sprache kein Wort, aber Turbo gab leise, verschüchtert klingende Antworten. Dann meldete sich der zweite.

Diesmal sprach er deutsch. „Ist das Schwert in dem Etui?"

Weder Randy noch Turbo gaben eine Antwort.

„Dich meine ich!"

Randy war angesprochen worden und nickte.

„Okay! Kway!“

Der Glatzkopf reagierte sehr schnell. Er ließ Turbo los und zog eine Pistole. Er richtete die Mündung direkt auf die Brust des Jungen.

„Das war nicht abgemacht!“ sagte Randy. Er spürte, wie er bleich wurde und das Blut aus seinem Gesicht wich. Auch das Zittern in den Knien hatte sich verdreifacht.

„Tritt zur Seite!“ befahl der im braunen Anzug. Er hatte nasse Schuhe und Hosenbeine. Beim Aussteigen mußten ihn die Uferwellen erwischt haben.

Randy ahnte, was kam. Er verließ seinen Platz mit zitternden Knien und schaute zu, wie sich der Mann bückte, um den „Geigenkasten“ anzuheben.

Noch stand das Ganze auf der Kippe. Wenn die Kerle den Kasten nahmen und damit verschwanden, war alles okay. Wenn sie erst nachschauten, würde die Hölle los sein.

Turbo stand an der gegenüberliegenden Bankseite. Schräg hinter ihm hatte sich der Glatzkopf aufgebaut und die Pistole auf den Jungen gerichtet. Er sagte irgend etwas zu seinem Kumpan, das außer diesem auch Turbo verstand.

Der schrak zusammen.

Randy brauchte nicht lange nachzudenken, er wußte, was folgen würde.

Und er hatte sich nicht geirrt. Der Japaner im braunen Anzug begann damit, das Etui zu öffnen. Noch hatten sie eine Galgenfrist, weil er den Mechanismus nicht sofort fand.

Randy hätte verschwinden können, doch er wollte Turbo nicht allein lassen. Zudem war die Idee mit dem Austausch von ihm gekommen.

Endlich hatte es Shuyo geschafft. Der Deckel klappte hoch. Randy wollte nicht hinschauen, doch er konnte nicht anders. Er mußte diesen Mann ansehen.

Der Japaner sagte nichts. Er stand da und starrte auf den Inhalt. Unbeweglich, wie ein Denkmal. Was er dachte, war nicht herauszufinden. Er veränderte auch sein Gesicht nicht. Dann zuckte er mit den Augen und drehte den Kopf zum Glatzkopf hin.

Nur wenige Worte sprach der Mann, da gab der andere einen ächzenden Laut von sich. Turbo duckte sich, er wurde nicht geschlagen, denn Shuyo sprach dagegen. Er sah Randy an. „Hast du mir nichts zu sagen?“ fragte er leise.

„Nein!“

„Wo ist das Schwert?“

„Vor Ihnen.“

„Es ist das falsche, das weißt du genau!“

„Ich weiß gar nichts.“

Shuyo nahm das Holzschwert hervor, schaute es sich kurz an, hob dann ein Bein und brach das Spielzeug über sein Knie.

Er schleuderte die beiden Teile weg und dann die Steine hinterher. Als er Luft holte, weiteten sich seine Nasenlöcher. Die anschließende Rede war eine Mischung aus zwei Sprachen. Deutsch und Japanisch. „Wenn ihr denkt, uns reinlegen zu können, habt ihr euch geschnitten. Wir sind die Stärkeren. Wo ist das Schwert?“

„Ich habe es nicht.“

„Willst du, daß dein Freund erschossen wird?“

Randy konnte kaum sprechen. Der Klumpen in seinem Magen hatte sich noch weiter vergrößert. Er hatte sogar Mühe, Luft zu holen. „Nein, das will ich nicht.“

„Dann her mit dem Schwert!“

„Es ist nicht hier.“

„Aber du kannst es holen – oder?“

„Was ist mit meinem Freund?“

„Den nehmen wir mit. Es liegt also an dir, ob du ihn zurückbekommst oder nicht.“

Randy erschrak. Er hatte sich beherrschen wollen, doch das schaffte er nicht. Der Kerl im braunen Anzug erkannte genau, wie es in ihm aussah. „Ja, wir werden ihn entführen und ihn dir erst dann zurückgeben, wenn du uns das echte Schwert überreicht hast. Das ist ein Geschäft, mein Junge.“

„Wo bringt ihr ihn hin?“ Randy erkannte bei dieser Frage seine Stimme kaum wieder.

„Das hat dich nicht zu interessieren. Jedenfalls ist er bei uns gut aufgehoben.“

„Wann treffen wir uns?“

Shuyo lachte kalt. „Wir werden dir früh genug Bescheid geben, wann du ihn abholen kannst.“

Randy sah zu Turbo hinüber, auf den noch immer die Waffe gerichtet war. Rühren konnte er sich nicht. Dieser Glatzkopf hinter ihm verstand bestimmt keinen Spaß.

„Mach es, Randy, mach es.“

Shuyo lachte rauh. „Es wird ihm auch nichts anderes übrigbleiben, als unseren Befehlen zu folgen.“

Der Glatzkopf stieß Turbo die Mündung gegen die Schulter. Der Junge verstand das Zeichen. Er setzte sich mit stolpernden Schritten in Bewegung und ging geduckt. Noch einen letzten Blick warf er Randy zu. Es war ein trauriger Abschied.

Auch der Japaner im braunen Anzug zog sich zurück. Beim

Gehen behielt er Randy im Auge und sagte noch: „Warte auf unseren Anruf, Junge. Noch einmal so ein Trick, und du kannst deinen Freund aus dem Wasser fischen. Als Leiche."

Der Nebel schluckte die drei Personen. Sie verschwanden im Dunst, als hätte man sie aus der Landschaft radiert.

Zurück blieb Randy Ritter, allein. Er wäre am liebsten in den Boden versunken, wünschte sich gleichzeitig, zu träumen, aber es war kein Traum. Er brauchte nur einen Blick auf den leeren „Geigenkasten" zu werfen, um die harte Wahrheit zu erkennen.

Was sollte er tun?

Eigentlich wäre es am besten gewesen, zurückzulaufen, sich ins Bett zu legen und auf eine Nachricht dieser Leute zu warten. Aber was sollte er seiner Mutter sagen, wenn er am anderen Morgen ohne Turbo am Frühstückstisch erschien?

Sie würde bestimmt kein Verständnis aufbringen, die Polizei alarmieren, dann zog die Sache wirklich Kreise, und das Leben seines Freundes war in höchster Gefahr.

Es gab allerdings noch eine andere Chance. Sie war zwar hauchdünn, aber wenn er es richtig anpackte, dann mußte es klappen.

Randy nickte entschlossen.

Das Risiko war enorm, doch er wollte es einfach versuchen. Wenig später war auch seine Gestalt vom Nebel verschluckt worden. Nur ging Randy nicht zum Haus zurück, er folgte Turbo und seinen beiden Entführern zum Wasser hin . . .

In letzter Sekunde

Auch Turbo kam es vor, als würde er einen bösen Traum erleben. Hinter seiner Stirn rasten die Gedanken.

Während er vor den beiden Männern her stolperte, dachte er auch an seine Eltern. Sie hatten ihm das Schwert überlassen. Es war ein schweres Erbe gewesen, eine gewaltige Last und Bürde, eigentlich zu groß für einen fünfzehnjährigen Jungen, doch in Japan dachte man anders über Familie und Traditionen.

Turbo hatte sich nicht weigern können, er hatte gehorchen müssen.

Die beiden Männer ließen ihn keinen Moment aus den Augen. Den Glatzkopf sah Turbo nicht, weil sich dieser hinter ihm befand. Aber er hielt eine Waffe in der Hand, und die war auf den Rücken des Jungen gerichtet. Möglicherweise hätte er bei diesem Wetter den beiden entwischen können, doch die Kugel würde immer schneller sein.

Der Weg führte hinunter zum Rhein. Sicherlich waren die Japaner mit einem Boot gekommen.

In Flußnähe wurde der Boden wieder steinig. Die Ablagerungen waren nie gleich groß. Hin und wieder bildeten sie regelrechte Stolperfallen. Turbo mußte die Füße anheben. Er hatte die Hände halb erhoben.

Shuyo hielt sich an seiner Seite. Auch er redete nicht. Die Blicke aber, die er dem Jungen zuwarf, sprachen Bände.

Am Ufer erkannte Turbo einen länglichen Schatten, der, nicht weit von den auslaufenden Wellen entfernt, an Land gezogen worden war und mit dem Kiel auf Steinen und Sand schrammte.

Es war ein einfacher Holzkahn mit zwei Ruderstangen.

„Kannst du rudern?“ fragte Shuyo. Er redete mit Turbo in seiner Heimatsprache.

„Ja.“

„Dann wirst du uns zum Schiff bringen.“

Neben dem Kahn blieben sie stehen. Der Glatzkopf hielt noch immer seine Waffe auf Turbo. Die Mündung wies jetzt auf dessen Nacken, als sich der Junge bückte.

„Schieb ihn ins Wasser!“

Turbo blieb nichts anderes übrig, als dem Befehl nachzukommen. Er drückte das Boot am Heck vor. Als der Kiel über den Boden rutschte, bekam er eine Gänsehaut. Mit jedem Meter, den Turbo zurücklegte, schwand auch seine Hoffnung.

Der Junge fühlte sich allein gelassen, bedroht, und er lauschte auf das Klatschen der Wellen, die schon bald seine Schuhe umspülten. Wenig später schaukelte der Kahn auf den Wellen.

Turbo mußte einsteigen.

Kway blieb noch am Ufer stehen, hielt aber seinen rechten Arm ausgestreckt und zielte auf den Jungen, der sich jetzt auf der Sitzbank niederließ und nach den Ruderstangen griff.

Als erster folgte ihm Shuyo. Als er in das Boot sprang, begann es zu schwanken.

Dann kam Kway. Noch immer seine Pistole in der Hand haltend. Beide ließen sich nieder und gaben Turbo einen Wink, auf den Fluß zu rudern. „Und nicht so langsam, mein Freund."

Die Ruderblätter kratzten beim ersten Eintauchen noch über den Grund und wühlten auch dunklen Schlamm hoch. Wellen wollten das Boot wieder zurückwerfen, Turbo mußte Kraft aufwenden, überwand die kleine „Brandung" und ruderte der Flußmitte entgegen.

Hinter ihm mußte irgendwo die Yacht der beiden Männer liegen. Wenn er sich dort erst an Bord befand, war eine Rettung so gut wie unmöglich. Aber auch jetzt würde er diesen Männern aus eigener Kraft kaum entwischen können.

Wieder zog er die Ruder durch. Er pullte wie ein erfahrener Ruderer, kam auch voran, doch beim vierten Schlag merkte er den Widerstand am linken Blatt.

Die Japaner wurden ebenfalls aufmerksam.

„Was ist los?" fragte Kway.

„Ich hänge fest."

Der Glatzkopf warf ihm einen scharfen Blick zu. Er schien Turbo nicht zu glauben, doch dieser machte ein so harmloses Gesicht, daß Kway sich bequemte, nachzuschauen.

Er drückte sich von der Sitzbank hoch und näherte sich im schaukelnden Boot im Entengang der Stelle, wo das Ruder klemmte. Noch war das Blatt im gurgelnden Flußwasser verschwunden. Kway mußte sich schon tiefer bücken, um etwas sehen zu können.

Er tat es.

Im gleichen Augenblick schoß etwas aus dem Wasser. Zwei lange Gegenstände, die sich zu einer Klammer formten und den Nacken des Japaners umschlangen.

Kway schrie vor Überraschung auf. Er kam nicht dazu, seine Waffe einzusetzen, da er kopfüber in das kalte Flußwasser klatschte und Turbo gleichzeitig die Stimme seines deutschen Freundes hörte.

„Nimm du den anderen Kerl!“

Im Gegensatz zu Shuyo hatte Turbo seine Überraschung überwunden. Bei ihm hieß es jetzt oder nie.

Er warf sich vor.

Was im Wasser geschah, bekam er nicht mit. Bei seinem Sprung schwankte das Boot sehr heftig, doch er hatte das Glück des Tüchtigen und flog Shuyo mit den Fäusten voran gegen die Brust.

Der Japaner im braunen Anzug kippte nach hinten. Er landete auf dem Rücken, schleuderte seine Beine in die Höhe, und die Schuhe streiften dabei noch Turbos Schultern.

Der packte den Kerl, hebelte ihn hoch und einen Moment später über Bord. Er freute sich, als er das Klatschen hörte, vernahm auch wilde Flüche und sah seinen Freund Randy winken.

Randy befand sich im Fluß.

„Spring!“ schrie er nur.

Am Heck kletterte Kway bereits wieder hoch. Turbo lief auf ihn zu und hechtete über ihn hinweg.

Das Rheinwasser war kalt, fast schon eisig, als Turbo hineintauchte. Der Schock traf ihn, er hatte zum Glück noch eingeatmet, hielt jetzt die Luft an und tauchte unter. Automatisch bewegte er Arme und Beine, er wollte so schnell wie möglich aus der gefährlichen Nähe des Kahns und auch lange unter Wasser bleiben.

Die Strömung erwischte ihn, sie packte Arme und Beine, zerrte ihn zur Flußmitte hin, Turbo kämpfte wild dagegen an und erreichte schließlich die Oberfläche.

Als er mit dem Kopf aus dem Wasser schoß, riß er sofort den

Mund auf, atmete tief ein, schleuderte Wasser aus dem Haar, öffnete weit die Augen, schaute sich um und sah seinen Freund Randy. Er schwamm sogar dicht neben ihm.

„Zum Ufer, Turbo!"

Das hätte Randy nicht zweimal zu sagen brauchen. So rasch wie möglich kraulte Turbo zurück.

Randy hielt sich an seiner Seite. Die Arme der Jungen arbeiteten wie Dreschflegel. Sie mußten alle Kraft einsetzen. Das Wasser hatte plötzlich unzählige Hände, die an ihnen zerrten und rissen. Es war die Strömung, die ihnen schwer zu schaffen machte. Sie war wie ein gieriger Moloch, der sie zurückziehen wollte.

Hinzu kam das Wissen um die beiden Japaner. Sie waren bewaffnet, aber der Nebel deckte sie glücklicherweise. So lagen die Trefferchancen der Männer nicht so günstig.

Es dauerte nicht einmal lange, bis Turbo und Randy Grund unter den Füßen spürten. Sie stellten sich hin und wateten mit schwerfällig wirkenden Bewegungen weiter in das flachere Uferwasser, das ihnen schließlich nur mehr bis zu den Knien reichte und sie endlich entließ.

Gemeinsam stolperten sie aufs Trockene. Keuchend, frierend, auch erschöpft. Sie stützten sich gegenseitig, weil ihre Beine einfach zu schwer geworden waren.

Dann hatten sie ihre Bank erreicht. Sie konnten nicht mehr, mußten sich ausruhen, pausieren und ließen sich zitternd auf die Holzunterlage fallen.

„Danke!" keuchte Turbo. „Du hast mich gerettet, danke." Er beugte sich vor und wischte Wasser aus seinem Gesicht. Beide waren klatschnaß.

„Unsinn, das war Glück."

„Da gehört schon mehr dazu, auch Mut."

„Ich wollte eben nicht, daß du ..." Randy konnte nicht mehr reden. Er mußte niesen.

Dieses Geräusch wirkte auf ihn wie eine Initialzündung. Er schüttelte sich und sprang auf.

„Was hast du?"

„Wir müssen so rasch wie möglich weg, unter eine heiße Dusche und aus den nassen Klamotten raus. Mann, wir holen uns sonst den Tod. Los, Turbo, Dauerlauf."

„Und deine Mutter? Was sagen wir der?"

„Ich kann nur hoffen, daß sie tief genug schläft und nichts mitkriegt."

Turbo schnappte sich seinen „Geigenkasten". Dann warf er noch einen Blick zurück zum Fluß. Noch immer wallte der Nebel. Weder vom Kahn noch von den beiden Japanern war etwas zu sehen. Sie schienen ihre Suche und auch die Verfolgung endlich aufgegeben zu haben.

Der Dauerlauf wurde zur Anstrengung. Beim Niesen wechselten sich die beiden Jungen schon gegenseitig ab. Aber die Bewegung tat gut. Sie spürten auch, daß sie anfingen zu schwitzen.

Über der breiten Eingangstür brannte des Nachts immer eine Lampe. Sie kam den Jungen wie eine Insel der Hoffnung vor. Trotzdem liefen sie noch um das Haus herum und nahmen abermals den Hintereingang. Auf Zehenspitzen huschten sie in den Flur, blieben stehen und lauschten.

Im Haus war es still. Falls Alfred schon zurückgekehrt war, lag auch er im Bett. Jedenfalls hörten sie nichts von ihm.

Sie nickten sich zu. Dann schlichen sie die Treppe hoch, erreichten das Zimmer und fielen sich dort in die Arme.

„Geschafft, geschafft!" keuchten beide. „Meine Güte, wir haben es geschafft."

„Aber zuerst die Dusche."

„Wo ist die?"

„Die Tür direkt gegenüber. Geh du zuerst, Turbo."

„Mach ich." Turbo holte noch seinen Schlafanzug aus dem Koffer und verschwand mit den Sachen.

Auch Randy zog sich schon aus. Solange der Freund duschte, wickelte er sich in eine Decke. Wenn er niesen mußte, dann so leise wie möglich. Er hoffte auch, daß seine Mutter die Geräusche der Dusche nicht hörte.

Turbo kehrte zurück. In seinem gestreiften Schlafanzug wirkte er wie ein Sträfling. „Du kannst."

„Danke."

Auch Randy hatte seine Sachen mitgenommen. Das Zimmer besaß nicht nur eine Dusche, auch ein Waschbecken, eine Badewanne und eine Toilette waren vorhanden. Es tat gut, unter den heißen Strahlen zu stehen. Randy wollte jetzt an nichts denken, er freute sich nur darüber, daß sie den beiden Kerlen entkommen waren. Ihm kam es vor, als würde das heiße Wasser auch seine Angst wegwischen. Leider hatten sie das Bad im Rhein nicht geträumt, auch nicht die Begegnung mit den Japanern, und die würden wiederkommen, das stand fest.

Das gleiche sagte auch Turbo, als Randy das Zimmer betrat. Turbo stand am zweiten Bett. Er hatte es bereits aus dem Schrank gekippt und saß auf der Kante.

Randy strich sein Haar zurück. Es war noch naß. „Ja, da hast du recht. Ich frage mich nur, ob sie es jetzt mit noch härteren Mitteln versuchen werden."

„Dann müssen wir die Polizei holen."

„Das glaube ich auch."

„Was ist denn mit Alfred?" fragte Turbo. „Meinst du, daß wir ihn einweihen können?"

„Ich weiß nicht."

„Er macht auf mich einen guten Eindruck."

Randy lachte. „Das schon. Alfred ist ein Typ, der weiß eigentlich immer Bescheid."

„Ist er schon lange bei euch Diener?"

„Diener ist falsch. Er ist unser Angestellter. Mein Vater hat einmal gesagt, daß er auf uns achten soll."

„Und woher kommt er?"

Randy starrte Turbo an, als hätte ihn dieser etwas Schlimmes gefragt. „Du, das weiß ich auch nicht genau."

„Wieso?"

„Mir ist nicht bekannt, wo Alfred herkommt. Ich... ich kann es dir nicht sagen."

„Das gibt's doch nicht."

„Und ob es das gibt."

„Hast du ihn nie gefragt?"

„Nicht direkt. Mein Vater meinte mal, daß Alfred schon viele Berufe gehabt hätte."

„Deshalb kann er auch so viel."

„Richtig."

„Willst du ihn nun ins Vertrauen ziehen oder nicht?"

Turbo bekam keine direkte Antwort. „Ich habe mal gehört, daß Alfred beim Film gewesen ist."

„Wo?"

„Ja, beim Film."

„Schauspieler oder so?"

„Keine Ahnung. Jedenfalls habe ich mich entschlossen, ihn ins Vertrauen zu ziehen."

„Ich bin auch dafür."

Randy schaute auf die Uhr. „Mensch, wir müssen schlafen. Es ist schon zwei Stunden nach Mitternacht."

„Kannst du denn schlafen?"

„Ich versuche es." Randy legte sich zurück. Vom Bett aus löschte er das Licht.

Wie ein Tuch fiel die Dunkelheit über das Zimmer. Nur dort, wo sich die Fenster innerhalb der Mauern befanden, standen zwei rechteckige Grauschimmer.

Zwar sprachen die beiden nicht mehr miteinander, aber schlafen konnten sie auch nicht. Es war schließlich Randy, der alles vergaß und in einen tiefen, traumlosen Schlummer fiel.

Turbo stand noch einmal auf, als er merkte, daß Randy so ruhig atmete. Er schlich zum Bett seines Freundes und holte das darunter liegende Schwert hervor.

Im Dunkeln hielt er die Klinge. Er faßte sie mit beiden Händen, beugte seinen Kopf und berührte mit der Stirn das kalte Metall.

„Nein!" flüsterte er. „Nein, ich gebe dich nicht her. Ich werde um dich kämpfen, so wie es unsere alte Familientradition vorschreibt. Ein Toshikiara wird nicht zum Verräter."

Die Worte klangen wie ein Schwur...

Die letzte Chance

Ein Hotel in Düsseldorf!

Groß, luxuriös und teuer. Wer hier abstieg, der brauchte auf die Mark nicht zu schauen. Es waren meist Geschäftsleute, die in den zahlreichen Zimmern wohnten.

Der Yamuto-Konzern hatte in dem großen Kasten einige Zimmer gemietet. Es spielte dabei keine Rolle, ob sie belegt waren oder nicht. Man überwies am Beginn des Jahres die Summe, so wurden die Räume stets freigehalten.

Zu ihnen zählte auch eine Suite. Sie bestand aus mehreren Zimmern und war so groß wie eine Wohnung.

Hier residierte der alte Yamuto!

In der Zimmerflucht hatte er in den letzten Jahren des öfteren Erfolgsmeldungen entgegennehmen können, an diesem Tag war es anders. Der Anruf hatte ihn noch in der Nacht erreicht und ihn kaum schlafen lassen. Jetzt erwartete er die beiden Versager.

Yamuto saß auf dem zur Suite gehörenden Balkon. Ein Ober hatte den reichgedeckten Frühstückswagen dorthin geschoben, aber Yamuto war der Appetit vergangen. Er trank nur Tee, der ihm hier sogar schmeckte.

An der Tür stand sein Gorilla mit dem auffallend flachen Gesicht. Er mußte auch bei größter Hitze einen dunklen Anzug tragen. Minos war seinem Chef treu ergeben, las ihm jeden Wunsch von den Augen ab.

Der Alte starrte über das Geländer. Er trug einen seidenen Morgenmantel. Auf dem Gelb des glänzenden Stoffs waren Drachen aufgestickt. Der Mantel konnte als Kostbarkeit bezeichnet werden. Yamuto hatte ihn von seinen Vorfahren geerbt.

Er dachte auch daran, daß er sich eigentlich zuviel vorgenommen hatte. Er hätte die Rückholung des Schwerts doch lieber seinen Söhnen überlassen sollen, aber was wußten die schon? Sie kümmerten sich nur um die Geschäfte und ließen die alten Traditionen verrotten. Dabei war Yamuto fest davon

überzeugt, daß die Waffe seiner Familie gehörte. Die Toshikiaras hatten sie nur gestohlen.

Damals, vor über 500 Jahren.

Japaner besitzen Geduld. Auch Yamuto machte darin keine Ausnahme. Aber er wußte, daß er der letzte aus der Dynastie war, die Söhne würden sich um das große Erbe nicht kümmern.

Der Alte drehte den Kopf und ließ den Blick über die Gestalt des Leibwächters gleiten. „Komm her, Minos!"

Der Mann gehorchte wie ein Roboter. Gehorsam setzte er sich in Bewegung. Vor dem Tisch blieb er stehen. „Setz dich hin und iß!"

Erst jetzt ließ Minos sich nieder. Er war es gewohnt, nur auf Anordnung zu handeln. Sein eigener Wille war ausgeschaltet.

Säfte, Brot, Brötchen, Konfitüre, Wurst, Käse und Butter. Das alles stand zur Auswahl. Minos war ein Klotz. Er besaß kaum Manieren. Daß er beim Essen schmatzte, störte den Alten nicht, der zu sehr mit seinen eigenen Gedanken beschäftigt war. Er wollte das Schwert haben, er wollte siegen, und er wußte, daß es die beiden Männer nicht geschafft hatten.

In Reichweite stand auch das Telefon. Als es mit einem Summton anschlug, griff Yamuto rasch zum Hörer und meldete sich mit einem fragenden „Ja?"

Man rief ihn von der Rezeption an und meldete zwei Männer, die ihn sprechen wollten.

„Hochschicken!"

„Sehr wohl."

Minos schaufelte weiter. Er schielte dabei auf seinen Chef, der die Esserei des Leibwächters durch eine knappe Geste unterbrach. „Sie kommen, du wirst deinen Platz einnehmen."

„Sehr wohl, Herr!"

Minos ließ alles stehen. Auf dem Frühstückswagen sah es aus wie auf einem Schlachtfeld. Der Mann besaß tatsächlich keine Umgangsformen.

Die beiden kamen. An der Tür erwartete Minos sie und brachte sie zum Boß.

Yamuto schaute sie erst gar nicht an. Er blickte über die Brüstung hinweg, strafte sie mit Verachtung und ließ zunächst einige Zeit verstreichen, bevor er das Wort ergriff.

„Versagt habt ihr!"

Sie schwiegen.

„Ich habe Vertrauen in euch gesetzt, und ihr habt es zweimal nicht erfüllt. Wie steht ihr dazu?"

Kway hielt den Mund, die Antwort übernahm Shuyo. „Die Umstände waren gegen uns, Herr."

Yamuto schaute sie noch immer nicht an. „Es wundert mich,

daß ihr mit den Umständen zu kämpfen habt. Waren es wieder die Kinder?“

„Ja!“

Der Alte lachte meckernd. „Man sollte euch an den Ohren hochziehen. Wie ist es möglich, daß sie euch überlisten konnten?“

„Wir hatten sie ja schon, aber das Boot schwankte, hinzu kam der Nebel. Dann wurden wir angegriffen...“

Yamuto winkte ab. Seine Hand fiel dabei wie die Kralle eines Geiers nach unten. „Ausreden, alles Ausreden, um euer Versagen zu vertuschen. Ihr könnt von Glück sagen, daß wir uns in einem fremden Land befinden. In unserer Heimat wäre es euch schlechter ergangen. Zweimal versagt, so etwas kann man nicht zulassen, aber ich werde euch eine dritte Chance geben. Minos wird bei euch sein und achtgeben. Ihr werdet das Schwert holen. Ich sehe selbst, daß es bei Tageslicht nicht so günstig ist. Also wartet die Dunkelheit ab. Wenn es finster ist, dringt in das Haus ein und holt das Schwert. Haben wir uns verstanden?“

„Ja, Meister!“

Die Vorbereitung

Der neue Tag meldete sich mit einem bedeckten Himmel. Allerdings lagen die Wolken ziemlich hoch, und es war auch noch recht warm.

Gegen neun wachte Randy auf. Er öffnete die Augen und starrte gegen die Decke. Dabei hatte er das Gefühl, aus einem tiefen Loch hervorgeholt worden zu sein. Es dauerte seine Zeit, bis er die Gedanken wieder beisammen hatte.

Überfallartig kehrte die Erinnerung zurück. Plötzlich wußte er wieder Bescheid. Die Ereignisse der vergangenen Nacht standen deutlich vor seinen Augen.

Sie waren noch einmal davongekommen. Nach einem unfreiwilligen Vollbad waren sie den beiden Kerlen entwischt, die das Schwert noch immer nicht besaßen.

Randy richtete sich auf. Er konnte auf Turbos Bett schauen, sah es aber leer.

„Turbo?“

Sein Freund befand sich auch nicht im Zimmer. Das paßte Randy nicht, er schwang die Beine aus dem Bett und wollte zur Tür laufen, als Turbo diese von außen öffnete.

„Guten Morgen, Langschläfer.“ Er lachte. „Wenn du dich sehen könntest, Randy, du siehst aus, als könntest du noch eine Nacht voll Schlaf vertragen.“

„Ich fühle mich auch matt.“

„Im Gegensatz zu mir.“

„Das sehe ich.“ Randy stand auf und reckte sich. „Du bist schon angezogen?“

„Ich habe auch mit deiner Mutter gesprochen.“

„Was sagt sie? Hat sie etwas bemerkt?“

„Sie erwartet uns zum Frühstück.“

„Sonst hat sie nichts gesagt?“ Randy konnte es kaum glauben.

„Nein.“

„Das ist stark.“ Er lachte. „Ich werde mich beeilen. Gehst du schon nach unten?“

„Ich warte hier.“

„Okay.“ Randy verschwand im Bad. Er hatte zwar in der Nacht geduscht, doch er wollte sich die Müdigkeit aus den Knochen spülen. Deshalb tanzte er auch unter den kalten Strahlen der Dusche.

Turbo wartete tatsächlich. Er war dabei, seine Koffer auszupacken und die Sachen in leere Schubladen zu verstauen.

„So, wir können“, sagte Randy und strich sein Haar zurück. Es glänzte noch naß. „Hast du Hunger?“

„Das kannst du wohl sagen.“

„Bei mir hält es sich in Grenzen.“

„Das wird deine Mutter gar nicht freuen.“

„Ich kann die Dinge eben nicht so leicht wegstecken wie du, Turbo.“

„Wie geht es weiter?“

„Wenn ich das wüßte.“ Randy hob die Schultern. „Wir haben gestern noch von Alfred gesprochen. Ich finde, daß wir ihn einweihen sollten.“

„Was könnte er denn tun?“

„Das weiß ich noch immer nicht genau.“ Randy hob den Zeigefinger. „Alfred ist nicht ohne, der kennt sich aus.“

„Und deine Mutter?“

„Die darf natürlich nichts davon merken.“ Randy war schon an der Tür, als sein japanischer Freund noch etwas sagte.

„Sie hat heute morgen schon telefoniert. Ich hörte es, als ich das Zimmer verließ.“

„Mit wem denn?“

„Ich wollte ja nicht lauschen...“

„Komm schon, rede.“

„Das muß dein Vater gewesen sein. Der heißt doch Peter – oder nicht?“

„Klar.“

„Dann hat er auch angerufen.“

„Vielleicht kommt er zurück. Wäre nicht schlecht.“ Randy grinste. „Mein Alter Herr ist im Prinzip in Ordnung, auch wenn er sich manchmal etwas altmodisch gibt. Jetzt laß uns verschwinden. Allmählich bekomme ich auch Hunger.“

Frau Ritter erwartete die Jungen in der Küche. „Na, ihr beiden Langschläfer? Endlich da?“

„Und wie“, sagte Randy. Dabei starrte er seine Mutter an. „Wie siehst du denn aus, Mutti?“

„Wieso?“

„Willst du weg?“

Frau Ritter lachte. „Du meinst, weil ich ein Kostüm trage. Ja, ich will heute weg und morgen auch.“

Randy setzte sich auf die Bank. „Wohin denn?“

„Nach Frankfurt.“

„Einfach so?“

„Nein, ich treffe mich da mit Vati. Er rief überraschend aus Frankfurt an. Vor drei Stunden ist er dort gelandet.“

„Kommt er nicht ...?“

„Später. Vati muß drei Tage in Frankfurt bleiben und unter anderem einen Vortrag halten. Ich möchte die Gelegenheit nutzen, ihn wieder zu sehen. Schlimm?“ Sie lächelte.

„Nein, überhaupt nicht. Wir kommen auch allein zurecht.“

„Außerdem ist Alfred da. Er wird mich nur zum Bahnhof fahren und kommt danach zurück.“

„Ja, dann amüsiere dich mal schön. Und bestelle Vati einen Gruß.“

„Von mir auch, Frau Ritter.“

„Noch bin ich nicht weg, Kinder. Zunächst einmal werden wir gemeinsam frühstücken. Ich habe für euch Tee gekocht – recht so?“

„Immer.“

Den Jungen schmeckten vor allen Dingen die frischen Brötchen. Alfred war schon losgefahren und hatte sie geholt.

„Wollt ihr heute in die Stadt?“

Randy und Turbo schauten sich an. „Ich glaube nicht, Mutti. Das Wetter gefällt uns nicht. Wir werden uns hier umschauen. Vielleicht besuchen wir auch Ela.“

„Die wird sich freuen.“ Marion Ritter nahm noch einen Schluck Kaffee und schaute auf die Uhr. „Für mich wird es Zeit. Alfred wartet draußen am Wagen. Also, Kinder, bis spätestens in drei Tagen.“

Sie verabschiedete sich herzlich von den beiden, die sie noch zur Tür brachten. Alfred hatte den Koffer bereits verstaut. Er saß hinter dem Steuer und winkte den Jungen zu.

Dann tuckerte der alte Daimler los.

Randy und Turbo winkten, bis sie bestimmt nicht mehr gesehen werden konnten.

„Haben wir ein Glück", sagte Randy und boxte seinem Freund in die Seite. „Das ist einfach rattenscharf."

„Wie meinst du das?"

„Daß wir allein sind." Er schlug gegen seine Stirn. „Überleg doch mal, niemand wird uns stören. Das ist irre."

„Und Alfred?"

„Der macht mit." Randy lief wieder ins Haus.

Die beiden aßen noch zwei Brötchen. Gemeinsam räumten sie den Tisch ab und gingen hoch in ihr Zimmer.

„Wann wird Alfred wieder zurück sein?" fragte Turbo.

„Das kann man nie so genau sagen. In Düsseldorf ist man schnell, aber die Innenstadt ist meist dicht. Da dauert es, bis du zum Bahnhof durchkommst. Außerdem muß er einen Parkplatz finden."

Turbo holte das Schwert unter dem Bett hervor. Wieder trug er es sehr vorsichtig bis zu seinem „Geigenkasten" und legte es dort hinein. „Ich hätte mich geärgert, wenn es den Halunken gelungen wäre, die Waffe in die Hände zu kriegen."

Von unten her hörten sie das Klingeln des Telefons. Randy reagierte wie der Blitz, riß die Tür auf und jagte die Stufen der Treppe hinab. Als er den Apparat erreichte, war er ziemlich außer Atem. Mit einem „Ja, hier Ritter" meldete er sich.

Da die Antwort des Anrufers nicht sofort erfolgte, wußte er schon jetzt, wer es war.

Seine Hand fing an zu zittern, er lauschte, vernahm wieder das Schnauben, dann die Stimme des Kerls im braunen Anzug. „Denk nur nicht, daß wir aufgeben, Junge."

„Ihr kriegt das Schwert nicht!" Randy sprach mit einer trotzig klingenden Stimme.

„Wir werden es uns holen. Bisher war es noch Spaß. Jetzt wird es ernst."

„Ja, kommen Sie nur, wir sagen der Polizei Bescheid und..."

„Die Polizei wird nichts machen können. Wir sind einfach zu stark, und es gibt nichts, vor dem wir Angst hätten. Hast du verstanden?"

„Ich habe."

„Noch könnt ihr es euch überlegen. Das ist eure letzte Chance. Die Antwort will ich sofort haben!"

Randy hatte Schritte gehört. Er drehte sich um und sah Turbo auf der Treppe stehen.

„Sind sie das?"

„Ja." Randy deckte die Sprechmuschel mit der Hand ab. „Sie wollen das Schwert, und sie wollen auch, daß wir uns jetzt und hier entscheiden, Turbo!"

„Nein!"

„Das habe ich ihm auch gesagt."

„Dann sag es noch mal!"

Randy sprach wieder in den Hörer. „Sind Sie noch dran?"

„Ja, das bin ich."

„Wir werden Ihnen das Schwert nicht geben. Es gehört der Familie Toshikiara. Sie soll es auch behalten."

Die Rückantwort erfolgte erst Sekunden später. „Es ist nur die Frage, ob ihr euer Leben dann auch behaltet." Mit diesen Worten legte der Japaner auf.

Auch Randy ließ den Hörer nachdenklich auf den Apparat fallen. Er hatte eine Gänsehaut bekommen und starrte ins Leere. Als ihm Turbo die Hand auf die Schulter legte, schrak er zusammen. „Du hast Furcht, nicht?"

„Ja, mir ist schon komisch."

„Das kann ich verstehen. Soll ich wieder fahren?"

Randy fuhr hart herum. „Unsinn, Quatsch. Komm mit in die Küche. Ich habe noch Durst." Aus dem Kühlschrank holte er eine Flasche Orangensaft und schenkte zwei Gläser voll. Nach dem ersten Schluck sagte er: „Das hat sich so angehört, als wollten sie herkommen und sich das Schwert holen. Eine andere Möglichkeit gibt es ja nicht."

„Und was machen wir?"

„Wache schieben.“

„Glaubst du, daß sie am Tage kommen?“

„Nein. Das Gelände ist einfach zu übersichtlich. Wir würden sie immer sehen. Das können sie sich einfach nicht leisten.“

„Dann warten sie die Dunkelheit ab.“

„Bis dahin muß uns etwas eingefallen sein.“

„Vielleicht hat Alfred eine Idee.“

„Mal sehen.“

Wie auf ein Stichwort hupte es vor dem Haus zweimal.

„Das ist Alfred, ich kenne sein Signal.“ Randy war bereits auf dem Weg zur Tür. Als er öffnete, hatte Alfred den Wagen schon verlassen. Er warf den Autoschlüssel hoch, fing ihn auf und ließ ihn in der Tasche seiner Lederjacke verschwinden.

„Eure Mutter hat Glück gehabt, ich bin hervorragend durchgekommen. Der Betrieb hielt sich in Grenzen." Er ging an Randy vorbei und begrüßte auch Turbo.

„Na, hast du dich schon eingewöhnt?"

„Und wie."

Alfred lächelte. Er zupfte seinen Oberlippenbart zurecht, blieb vor den beiden stehen und schaute sie mit einem wissenden Blick an. Beide fühlten sich nicht wohl in ihrer Haut.

„Was ist denn los?" fragte Randy.

„Eigentlich nichts Besonderes. Ich wollte euch nur fragen, ob ihr immer in der Nacht duscht?"

„Duschen?" fragte Randy und wurde etwas rot.

„Ja, ich hörte so etwas."

Turbo nickte. „Es stimmt, wir haben geduscht. Uns war warm."

„Ich sah nasse Flecken im Flur." Alfred grinste.

Randy wußte, daß es keinen Sinn mehr hatte, zu schwindeln. „Können wir mit dir reden?"

„Wenn ihr wollt, sicher. Wo?"

„In der Küche."

Die drei nahmen auf der Eckbank Platz. Sie hatten sich gegenübergesetzt.

Alfred zog seine Jacke aus und hängte sie auf die Lehne. Er trug ein kariertes Hemd zu seinen Jeans. „Jetzt bin ich mal auf die große Beichte gespannt."

„Eine Beichte ist es eigentlich nicht", bemerkte Randy. „Ich bin nur froh, daß meine Mutter nicht da ist."

„Ihr würde es also nicht gefallen?"

„Nein."

„Was habt ihr ausgeheckt?"

„Du warst am Flughafen ja selbst dabei. Damit fing eigentlich alles an, und es hat sich ausgeweitet. Man ist hinter uns her, Alfred." Randy beugte sich vor.

„Wer und warum?"

„Die Japaner. Das sind Gangster."

Alfreds dunkle Augen schienen zu gefrieren. „Du weißt, was du da gesagt hast, Junge?"

„Ja, das weiß ich genau. Du kannst auch Turbo fragen, der wird dir das gleiche erzählen."

„Stimmt, Alfred."

„In der Nacht hätten sie uns fast erwischt."

„Ich kam ebenfalls spät nach Hause", sagte Alfred, „und habe euch gehört. Daß etwas nicht in Ordnung war, dachte ich mir schon. Ich hätte deiner Mutter doch Bescheid sagen müssen, Randy."

„Nein, es war besser so."

Alfred nickte. „Gut, das nehme ich hin. Jetzt will ich aber die Wahrheit wissen. Wer von euch beginnt?"

Randy schaute Turbo an. „Es ist besser, wenn du erzählst. Das ist ja dein Fall."

Turbo hatte zu Alfred Vertrauen gefaßt und begann mit seinem Bericht. Er ließ nichts aus, erzählte vom Erlebnis am Fluß, von dem Ultimatum der Männer und berichtete auch davon, wie es ihnen gelungen war, die Leute reinzulegen.

„Das haben sie sich nicht gefallen lassen!" folgerte Alfred.

„So ist es." Diesmal sprach Randy. „Die müssen unter Druck stehen. Wir bekamen heute morgen schon einen Anruf. Sie erklärten uns, daß sie das Schwert holen würden."

Alfred brauchte nicht lange zu überlegen. „Dann werden sie wahrscheinlich herkommen."

„Damit rechnen wir auch."

Alfred räusperte sich. „Gut ist das natürlich nicht. Wenn diese Leute zu allem entschlossen sind, werden sie auch auf euch keine Rücksicht nehmen. Oder?"

„Das denken wir auch."

„Es wird gefährlich."

„Da dachten wir", Randy senkte den Kopf, als würde er sich seiner Worte schämen, „daß du uns helfen könntest."

„Ich?" Alfred deutete mit dem Zeigefinger auf seine Brust. „Wieso ausgerechnet ich?"

„Du kannst doch vieles und hast immer Ideen."

Alfred lehnte sich zurück. „Wißt ihr eigentlich, in welch eine miese Situation ihr mich gebracht habt? Ist euch das klar, Kinder?"

„Eigentlich schon“, gab Randy zu.

„Das ist kein Fall für zwei Jugendliche, sondern für die Polizei“, erklärte Alfred.

„Daran haben wir auch schon gedacht. Aber wir haben nichts in der Hand“, sagte Randy.

„Wir brauchen Beweise“, fügte Turbo hinzu.

„Die gibt es nicht.“

Turbo widersprach. „Doch, Alfred, das Schwert.“

Alfred schaute ihn an. „Wo ist es überhaupt?“

„In Randys Zimmer.“

„Ich werde es mir ansehen. Um noch mal auf die Beweise zurückzukommen. Ich glaube nicht, daß die Polizei allein die Existenz des Schwertes als Beweis annimmt. Und die Sache auf dem Flughafen hätten wir gestern verfolgen müssen. Das ist heute gelaufen.“

„Was sollen wir denn machen?“

„Erst einmal hochgehen, Turbo. Ich will mir die Waffe genau anschauen.“

Randy hatte noch eine Frage: „Hilfst du uns denn?“

„Hängenlassen kann ich euch auch nicht.“ Alfred stand auf. „Es wäre sowieso am besten, wenn ihr die Waffe freiwillig abgeben würdet. Damit erspart ihr euch viel Ärger.“

Demonstrativ schüttelte Turbo den Kopf. „Nein, Alfred. Ich kann das Schwert nicht hergeben.“

„Weshalb hast du es überhaupt mitgebracht?“

„Das ist wieder eine andere Geschichte.“

„Okay, erzähle sie oben.“

Im Zimmer holte Turbo den „Geigenkasten“ unter dem Bett hervor. Alfred staunte nicht schlecht, als er die Klinge sah. „Meine Güte, die ist wirklich stark.“

„Findest du?“

„Ja.“ Er bückte sich. Turbo hatte nichts dagegen, daß Alfred das Schwert an sich nahm. Er trat etwas zurück, hielt den Griff jetzt mit beiden Händen umklammert und kantete die Klinge senkrecht hoch. Vor dem Gesicht teilte sie es praktisch in zwei Hälften.

Die Blicke der Jungen waren auf Alfred gerichtet, der sich

plötzlich so schnell bewegte, daß sie mit den Blicken kaum folgen konnten.

Nicht nur Alfred bewegte sich. Die Klinge schlug er wie ein Könner. Rechts und links, vor und zurück. Sie hörten das Pfeifen, als das Schwert die Luft durchschnitt. Dabei duckte sich Alfred, ließ das Schwert über seinen Kopf kreisen, sprang selbst hoch und stieß einen Kampfschrei aus.

Danach blieb er stehen, als wäre nichts passiert. Selbst sein Atem ging kaum schneller.

Randy und Turbo kamen aus dem Staunen nicht mehr heraus. „Alfred!“ flüsterte Randy, „wo hast du das denn gelernt?“

Der „Diener“ lächelte. „Ich kann es eben.“

„Nein“, sagte Turbo. „Dazu gehört schon etwas. Du hast das Schwert geführt wie ein Samurai, verstehst du?“

„Ich weiß.“

„Dann hat man dich ausgebildet.“

„Möglich.“

Randy wollte nicht mehr weiter in Alfred dringen. Er fragte: „Und was hältst du von der Waffe?“

„Sie ist fantastisch.“

„Dann würdest du sie auch nicht abgeben?“

Alfred legte die Stirn in Falten. „Das ist eine gute Frage, mein Junge. Eine sehr gute sogar. Die Antwort fällt mir nicht leicht. Ich würde sie nur unter besonderen Umständen abgeben.“

„Meinst du denn, daß diese Umstände jetzt eingetreten sind?“

„Kann schon sein.“

„Für mich nicht. Ich habe dich kämpfen sehen, Alfred. Wer diese Waffe so gut beherrscht, der weiß auch über sie Bescheid. Du kennst die Samurai?“

„Natürlich.“

„Das ist ein Samurai-Schwert. In unserer Familie gab es große und berühmte Samurai-Kämpfer. Die Toshikiaras haben eine lange Tradition hinter sich. Das Schwert wurde von einer Generation zur anderen weitergegeben. Jeder Widerstand wurde gebrochen. Alfred, ich habe es von meinem Vater anvertraut bekommen. Begreife doch, ich kann es nicht einfach so weggeben. Das geht nicht mehr."

„Weshalb will man es rauben? Ich habe von Schwertern gehört, denen man magische Kräfte zuschreibt..."

„Darum geht es wohl nicht. Oder doch – ja." Turbo nickte heftig. „Wer dieses Schwert besitzt, dem wird es immer gutgehen, so heißt es, so soll es auch geschrieben stehen."

„Das wissen deine Gegner ebenfalls."

„Natürlich."

Alfred legte das Schwert wieder weg und setzte sich. „Wer sind diese Leute?"

„An der Spitze steht ein Mann namens Yamuto. Er ist schon sehr alt, aber er will..."

„Moment mal. Hat dieser Knabe etwas mit dem Yamuto-Konzern zu tun?"

„Das ist richtig."

Alfred schluckte und strich über sein Haar. „Das ist natürlich ein Ding. Da hast du dich mit Leuten angelegt, die über fast unbegrenzte Machtmittel verfügen."

„Das sieht mein Vater anders."

„Wie denn?"

„Es ist nur der alte Yamuto, der das Schwert unbedingt besitzen will. Seine Söhne denken anders darüber, doch für den Alten ist es seine Lebensaufgabe gewesen. Er will es unter allen Umständen noch vor seinem Tod haben."

„Dafür hat er seine Leute geschickt."

„Ja, die beiden Männer."

Alfred knetete seine Wangen. „Ich könnte mir allerdings vorstellen, daß die zwei noch Verstärkung bekommen, Yamuto besitzt genügend Reserven, um Hunderte von Helfern anheuern zu können."

„Das würde auffallen", widersprach Randy.

„Stimmt auch."

„Wir können also damit rechnen", sagte Alfred, „daß sie zu zweit oder zu dritt versuchen werden, das Schwert an sich zu bringen."

„Toller Ausdruck für klauen", meinte Randy.

„Und was machen wir?“ fragte Turbo.

Alfred hob die Schultern. „Wir müssen uns eben etwas einfallen lassen. Ich werde Kommissar Hartmann wohl kaum davon überzeugen können, daß er herkommt und das Haus bewachen läßt. Das ist einfach nicht drin. Also bleibt die Sache an uns hängen.“

Die Jungen zogen betretene Gesichter, weil ihnen auch keine andere Idee gekommen war.

Alfred trat an das Fenster. Er schaute für eine Weile hinaus. Seine Gedanken kreisten um ein bestimmtes Problem. Er dachte daran, daß das Gelände ziemlich frei lag. Tagsüber würden die Leute entdeckt werden, wenn sie sich dem Haus näherten. Im Schutz der Dunkelheit war dies leichter. Zwar besaß der schloßähnliche Bau an den verschiedensten Seiten Lampen, aber die leuchteten nicht die gesamte Umgebung aus.

„Hast du keine Idee?“ fragte Randy schließlich. Ihm war die Stille auf die Nerven gefallen.

„Nein, eigentlich nicht.“ Alfred drehte sich um und lächelte dabei.

„Dabei hatten wir auf dich unsere Hoffnungen gesetzt.“

„Vielleicht hast du mich einfach zu hoch gelobt.“

„Ich kenne dich, Alfred, du hast bestimmt schon eine Idee“, widersprach Randy.

„Ich hätte eine“, gab Alfred zu.

„Und welche?“ fragte Turbo. „Warst du nicht mal beim Film?“

„Hat dir das auch Randy erzählt?“

„Klar.“

„Es stimmt.“

„Und was hast du da gemacht?“

Alfred lächelte und hob die Schultern. „Ich war nie ein großer Star, wenn du das meinst. Du hast mich auch nicht auf der Leinwand bewundern können. Ich gehörte zu den Leuten, die hinter den Kulissen arbeiteten. Die dafür sorgten, daß alles stimmte.“

„Regie?“

„Auch nicht. Für meinen Beruf oder meine Arbeit gab es einen bestimmten Ausdruck. Special Effect Man."

Turbo hob eine Hand. „Ich habe begriffen", sagte er. „Du gehörtest zu den Leuten, die dafür sorgen, daß es richtig knallt, wenn irgendwo etwas in die Luft fliegt."

„So ist es."

„Hast du bei vielen Streifen mitgemacht."

„Da kommen schon eine Menge zusammen. Natürlich fast überwiegend Action-Filme."

„Muß ein toller Job gewesen sein."

„War es auch, Turbo. Ich habe sehr viel bei dieser Arbeit gelernt, das könnt ihr euch vorstellen. Mir sind eigentlich keine Tricks fremd. Ich habe auch mal Stunts gemacht. Aber das ist nun vorbei, jetzt habe ich hier meine Arbeit."

„Und was hat das mit unserem Fall zu tun?" fragte Turbo.

Alfred lächelte verschmitzt. „So ganz bin ich noch nicht raus aus diesem Geschäft."

„Was heißt das denn?"

„Ich übe ab und zu."

„Hier?"

„Auch."

Turbo schaute Randy an. „Ich komme jetzt nicht weiter. Weißt du, was er meint?"

Bevor Randy eine Antwort geben konnte, übernahm Alfred das Wort. „Wir sollten hier nicht sitzen bleiben, sondern in den Keller gehen. Dort will ich euch etwas zeigen."

„Was denn?"

„Das werdet ihr schon sehen . . ."

*

Randy kannte den Keller ja, doch Turbo geriet schon ins Staunen, als sie die unterirdischen Räume des Hauses betraten. Was er sah, war eine Welt für sich.

Er sah sie auch nicht als einen normalen Keller an, das war schon ein regelrechtes Gewölbe.

Die Treppe bestand aus breiten Steinen. Nicht glatt wie Beton, sondern unregelmäßig verlegt, zum Teil ausgetreten, dann wieder mit Buckeln an den Seiten.

In dieses Gewölbe hätten auch Fackeln hineingepaßt, die es ausleuchteten, doch diese Zeit war vorbei. Unter der Decke brannten, geschützt durch Gitter, mehrere Lampen, deren Licht auch in die verschiedenen Gänge hineinschien.

Unter der Decke zogen sich Spinnweben entlang, feine Muster, die im Winkel zwischen Decke und Wand klebten und von denen lange Fäden nach unten hingen.

Alfred war stehengeblieben, um Turbo die Gelegenheit zu geben, sich umzuschauen.

„Na, gefällt es dir?"

„Hätte ich nicht hier erwartet."

„Und der Keller liegt nicht unter dem Turm?"

„Nein, das ist ein anderer Teil", erklärte Randy. „Hier unten sind auch die großen Vorratsräume, dann der ganze technische Kram, der ebenfalls zu einem Haus gehört, wie Heizungs- und Energieanlage und so weiter."

Auf der Stelle stehend, drehte sich Turbo um. „Wo willst du uns hinführen, Alfred?"

„Kommt mit."

Die beiden folgten dem „Diener". Sie betraten einen stollenartigen Gang, in dem es ziemlich finster war und auch muffig roch. Die Wände hier schimmerten weißlich und an einigen Stellen auch in einem grünen Glanz, wo sich Schimmel abgesetzt hatte.

Hier war die Decke niedriger. Mit ihr schloß die Oberseite einer Tür ab, vor der sie stehenblieben.

„Hier ist es also", sagte Alfred.

„Selbst ich gehe zum erstenmal in seine Werkstatt", sagte Randy. „Alfred hat immer ein Geheimnis daraus gemacht."

„Es ist meine Schreckenskammer!" erklärte Alfred lachend und holte einen Schlüssel hervor. Er hatte ihn in seiner Geldbörse aufbewahrt. Es war ein flacher, moderner Schlüssel zu einem ebenfalls modernen Schloß, das in diesen alten Keller irgendwie nicht hineinpaßte.

Alfred mußte zweimal schließen, dann hatte er die Tür offen.

„Wartet noch einen Moment“, sagte er, drückte die Tür nur spaltbreit auf und schob sich über die Schwelle.

„Was hat er vor?“ fragte Turbo.

„Keine Ahnung.“

Alfred hatte die Tür wieder geschlossen. Die Jungen hörten ihn im Raum herumwerkeln.

„Ihr könnt kommen!“

„Ich würde ja vorsichtig sein!“ flüsterte Turbo.

„Weshalb?“

„Nur so.“

„Unsinn, ich kenne Alfred.“ Mit diesen Worten zog Randy die Tür auf. Turbo blieb hinter ihm, Randy aber ging vor – und schrie plötzlich auf.

Im Raum war es finster. Das änderte sich, als er einen Schritt über die Schwelle gesetzt hatte.

Etwas kippte auf ihn zu. Ein grauenvolles Monstrum. Grünlich leuchtend, mit einem gewaltigen roten Maul, aus dem stinkender Qualm quoll. Bevor Randy noch zur Seite gehen konnte, streckte das Monstrum seine Arme aus und umschlang den Jungen wie einen Freund.

Randy konnte sich nicht rühren. Er spürte vor sich den Druck, auf seinem Rücken die Arme, hielt den Atem an und vernahm das Lachen in dem Augenblick, als Alfred das Licht anknipste. Die kalte Helligkeit einer Leuchtstoffröhre durchflutete den Raum. Jetzt trat Turbo näher.

Im ersten Moment erschrak auch er. Das übergroße Monster hielt seinen Freund fest. Der Kopf dieses Wesens sah fürchterlich aus. Einige letzte Dampfschwaden flossen noch aus dem Maul und verteilten sich über der Schwelle.

„Das ist meine neue Freundin. Ich habe sie Ellie genannt. Nett, die Kleine, nicht wahr?“

„Ich kann mir etwas Besseres vorstellen.“ Randy preßte die Worte hervor. Er wollte Ellie zurückschieben, das Monstrum aber ging von allein. Mit tapsigen Bewegungen schritt es nach hinten, wo Alfred auf einem Stuhl saß und einen Gegenstand auf den Knien balancierte, der aussah wie eine Zigarrenkiste. Er führte einen Hebel, den er in verschiedene Richtungen bewegen konnte, um das Monstrum zu steuern.

Die Jungen schauten zu, wie es durch den großen Raum schritt und an einer freien Stelle an der Wand stehenblieb.

Alfred stellte die Fernbedienung weg. „So weit zu Ellie“, sagte er und stand auf. Eine Hand schob er in die Hosentasche, mit der anderen deutete er in den Raum. „Weshalb kommt ihr nicht näher?“

Randy sagte nichts. Er schluckte und schüttelte den Kopf. „Das ist deine Werkstatt, von der du immer gesprochen hast?“

„Ja."

„Einmalig."

Alfred nickte. „Ich bin auch ein wenig stolz darauf, denn es ist mir gelungen, viele Dinge aus meinem ehemaligen Beruf hierher mitzubringen. Schaut euch nur um." Er deutete auf große Kartons. „Darin habe ich noch einige Überraschungen verborgen." Beinahe andächtig traten die Jungen näher. Es war tatsächlich alles vorhanden, was das Herz eines Handwerkers hochhüpfen ließ.

Drehbänke, Schraubstöcke, Sägen, Hobel, Werkzeuge aller Art. Elektromotoren, Spulen, ein Computer mit Bildschirm und Drucker sowie Dinge, die aussahen wie Spielzeug.

Girlanden, Laternen, Monster, mal groß, mal kleiner, Puppen, Zwerge, kleine Autos, eine Eisenbahn und auch Waffen, wie Schwerter, Degen und Äxte, die sehr echt aussahen.

Alfred ließ den Jungen Zeit, all seine Schätze zu bewundern. Nickend kehrte Randy zu ihm zurück. „Das hätte ich wirklich nicht erwartet, Alfred."

„Es ist meine Spielkammer."

„Toll."

„Ich habe deinen Eltern eigentlich versprochen, sie dir nicht zu zeigen, aber die Zeiten haben sich geändert. Jetzt habe ich euch die Kammer bewußt besichtigen lassen."

„Liegt der Grund etwa bei den Japanern?"

„Genau."

„Und was hast du vor?"

Alfred lachte, nahm die beiden Jungen am Arm und verließ mit ihnen den Raum. „Das werde ich euch am besten oben erzählen. Ich möchte auch nicht, daß ihr bei meinen Vorbereitungen anwesend seid."

„Weshalb nicht?"

„Es gibt Dinge, die will ich für mich behalten. Ich bin ein alter Bastler, und das sollen andere zu spüren bekommen."

„Die Japaner?" fragte Randy.

Alfred zwinkerte ihm zu. „Die an erster Stelle..."

Im Kellerflur fragte Randy: „Was meinst du, Alfred, welchen Weg werden sie nehmen?"

„Bestimmt nicht über das Wasser. Der ist ihnen viel zu unbequem. Haben sie bei ihrem zweiten Anruf nicht gesagt, daß sie sich mit euch an der alten Bank treffen wollen?"

„Nein."

„Dann müssen wir damit rechnen, daß sie den direkten Weg nehmen werden."

„Und das trauen die sich?"

Alfred lachte bitter. „Mein lieber Randy. Typen wie die sind zu allem fähig."

„Besteht Lebensgefahr?" fragte Turbo direkt.

Alfred gab diesmal keine Antwort. Aber auch so wußten die beiden Freunde Bescheid...

Zwischen ihnen entstand eine Schweigepause. Die Jungen fühlten sich einfach überfordert.

„Du hast uns deine Spielzeugkammer nicht ohne Grund gezeigt", bemerkte Randy.

„Logo."

„Und?"

Alfred rang sich ein Lächeln ab. „Darf ich euch um etwas bitten, Freunde?"

„Immer."

„Haltet euch in den nächsten Stunden zurück. Tut einfach nichts oder lauft meinetwegen zum Rhein und werft Steine ins Wasser. Ich möchte nämlich in Ruhe gelassen werden."

„Was hast du vor?"

„Diese Frage, Randy, war schon zuviel. Vertraut ihr mir oder nicht, Freunde?"

„Ja!" Auch Turbo nickte.

Alfred drehte sich um. Er ging wieder in Richtung Keller. Über die Schulter gewandt, sagte er: „Wir sehen uns dann später..."

Eingekreist

Randy und Turbo hatten sich tatsächlich an Alfreds Rat gehalten und zunächst einmal nichts getan. Sie wußten ja, daß sie warten sollten, doch es fiel ihnen schwer.

Sie versuchten sich abzulenken. Spielten Tischtennis, mal Schach, dann wieder Tischtennis, nur gelang es keinem, sich zu konzentrieren. Selbst Turbo nicht.

Randy war es, der den Schläger auf die Platte schleuderte. „Ich habe nicht den richtigen Bock!"

„Was willst du statt dessen tun?"

„Hängen, gammeln, warten, überlegen."

„Ich würde gern schwimmen gehen."

„Hätte ich auch nichts dagegen. Das nächste Hallenbad ist nur zu weit entfernt. Eigentlich möchte ich lieber am Haus bleiben."

„Okay, gehen wir nach oben."

Sie hatten den Keller kaum verlassen, als die Türschelle anschlug. Das Geräusch der Klingel war sehr laut. Es schwang durch die gesamte untere Etage.

„Ob sie das sind?" fragte Turbo. Er wollte schon zur Kellertreppe. „Soll ich Alfred holen?"

„Unsinn, das sind bestimmt nicht..."

„He, seid ihr nicht zu Hause?" Es war die Stimme einer Besucherin.

„Michaela!" sagte Randy und öffnete.

Das Bellen eines Hundes empfing ihn. Michaela war nicht allein gekommen. Sie hatte Biene, den Rauhhaardackel, mitgebracht. Und Biene freute sich wie ein Schneekönig, als sie Randy sah. Der Hund sprang an ihm hoch, kratzte mit den Vorderpfoten gegen die Jeans, ließ sich das Fell kraulen und auch den Kopf streicheln. Seine Zunge fuhr leckend über Randys Hand.

„Ja, ist schon gut, Biene. Du bist ja die Beste, ich weiß das."

„Sie ist eine Hündin?" fragte Turbo.

„Ja. Kann man nur nicht sehen."

„*Du* siehst so etwas nicht“, beschwerte sich Ela und hob die rechte Hand. „Hei, Turbo, wie ist es?“

„Ganz gut.“

„Willst du nicht reinkommen?“ fragte Randy.

„Nein, ich wollte mit Biene noch etwas laufen und euch fragen, ob ihr mitkommt?“

„Hast du Lust, Turbo?“

„Ja, das ist besser, als hier im Haus herumzusitzen und die Zeit abzuwarten.“

„Okay, ich hole nur meine Jacke.“

Michaela Schröder und Turbo warteten. Der Junge aus Japan streichelte Biene, die dies gern hatte, sich sogar auf den Rücken legte, was Michaela wunderte. „Das macht sie sonst kaum bei einem Fremden.“

„Ich habe einen Draht zu Tieren.“

„Finde ich stark. Sag mal, was ist eigentlich mit Randy los?“

Turbo richtete sich wieder auf. „Wie meinst du das?“

Michaela hob die Schultern. Sie trug einen pinkfarbenen Pullover mit zwei großen, aufgestickten Eistüten auf dem Vorderteil. Die Hosenbeine der weißen Jeans waren ausgefranst. Auf dem Knie saß ein herzförmiger Lederflecken mit der Aufschrift *Love is crazy.* „Er war eben so anders, verstehst du?“

„Nein.“

„Nicht so locker wie sonst, so lustig, so cool, was weiß ich nicht alles.“

„Wir sind eben noch etwas müde.“

„War eine lange Nacht, wie?“

„Es dauerte schon einige Zeit, bis wir eingeschlafen waren.“

„Kann ich verstehen. Wenn meine Freundin bei mir ist, schlafen wir immer erst nach Mitternacht ein.“

Randy kam zurück. „Wir können. Auf, Marsch.“

„Weiß Alfred Bescheid?“

„Klar doch.“

„Ist deine Mutter nicht da?“ fragte Ela.

„Nein, sie fuhr heute früh schon nach Frankfurt, um Vater zu treffen.“

„Kommt er zurück?“

Randy zog die Tür zu. „Ja, in zwei oder drei Tagen. Bei dem weiß man das nie so genau."

Turbo war schon vorgelaufen, drehte sich jetzt um und fragte: „Ist das die Richtung?"

„Mir egal. Oder wolltest du woanders hin, Ela?"

„Nein, der Fluß ist schon okay." Sie hatte Biene von der Leine gelassen. Die Hündin fühlte sich ungemein stark. Sie wetzte auf ihren kurzen Beinen durch das Gelände und jagte alles, was sich bewegte. Dabei kläffte sie vor Freude.

Ela war ziemlich ernst, das fiel auch Randy auf. „Hast du etwas? Brennt dir was auf der Seele? Oder hat es schon ein Loch hineingebrannt?"

„Nein, das nicht."

„Aber? Spuck's aus. Wir sind die Problem-Bereiniger. Wir schaffen alles und alles schafft uns. Wenn wir so wären, wie du sein müßtest, ginge es uns allen besser."

„Hör doch mit dem Mist auf."

„O du Sensibelchen." Randy legte seinen Arm um Ela. „Bist du heute mit dem linken Zeh zuerst aufgestanden?"

Sie blieb stehen. „Laß den Bockmist. Ich denke nach."

„Kannst du das auch?"

„Manchmal schon."

Turbo stand daneben und amüsierte sich über den Dialog der beiden Freunde. Im Gegensatz zu Randy schien es Michaela ernst zu sein.

„Ich denke noch immer an die beiden Kerle vom Flughafen", sagte Michaela plötzlich.

„Ach, vergiß sie."

„Das kann ich nicht."

„Und weshalb nicht?"

„Weil ich sie gesehen habe!"

Jetzt war es heraus. Das Geständnis hatte auch Turbo und Randy überrascht. „Du hast sie gesehen?" fragte Turbo.

„Wenn ich es sage."

„Ich will dir ja nicht zu nahe treten. Aber meine Landsleute sehen sich ziemlich ähnlich. Wenigstens für Europäer."

„Das waren sie. Ich bin mir sicher."

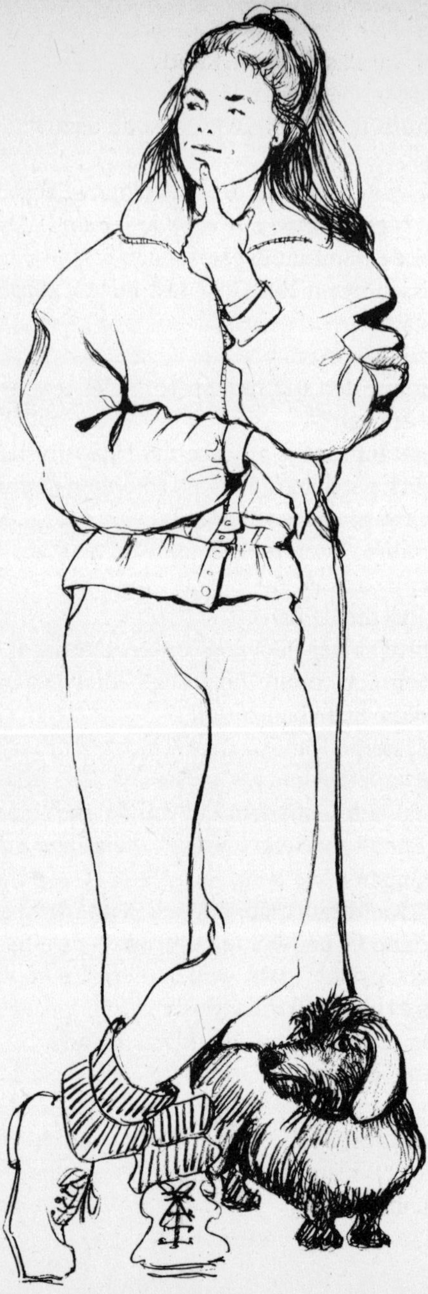

„Und wann war das?“ fragte Randy.

„Heute morgen, bei uns zu Hause.“

Randy schaute Turbo an. „Was sagst du dazu?“

„Nicht viel.“

Michaela merkte, daß mit den beiden etwas nicht stimmte. „Was habt ihr? Ich komme mir vor wie jemand, der ein Rätsel lösen soll, von dem nur ihr die Lösung wißt.“

„Leider wissen wir nichts oder fast nichts. Aber du kannst uns helfen, Ela.“

„Wie großzügig von euch.“

Randy überging den spöttischen Ton. „Waren die beiden Japaner direkt bei euch?“

„Nein, zuerst fuhren sie an unserem Haus vorbei. Dann kamen sie plötzlich wieder zurück und sprachen mit meiner Mutter. Ich fragte natürlich, was sie gewollt hatten. Sie erkundigten sich nach dem Weg zu eurem Haus. Wie man dorthin kommt und so weiter.“

„Waren es nur die beiden?“

„Eben nicht. Da war noch ein dritter. Der ist aber im Auto sitzen geblieben. Ich konnte ihn deshalb nicht genau erkennen. Zudem waren die Scheiben getönt.“

„Drei also“, stellte Randy fest und nickte Turbo bedeutungsvoll zu.

Michaela trat heftig mit dem Fuß auf. Biene gefiel das nicht. Sie sprang kläffend zur Seite. „Was verheimlicht ihr mir?“

„Eigentlich nichts.“

Sie kam auf Randy zu. „Hör auf, ich kenne dich. Die Japaner haben nicht ohne Grund bei uns gefragt.“ Zweifel erschienen auf Michaelas Gesicht. „Was wollen diese Leute von dir oder deinen Eltern? Hier läuft doch was?“

„Die wollen nichts von mir!“ erklärte Randy.

„Dann bleibt nur noch Turbo!“ folgerte Michaela messerscharf.

„Ja.“ Randy räusperte sich. Wind strich durch sein Haar und wehte es hoch. „Willst du es ihr sagen?“

„Man kann ihr trauen?“

„Sicher.“

„Es geht um ein Schwert."

Michaela Schröder verstand nichts. Ihr Gesichtsausdruck sprach Bände. Wenig später war sie aufgeklärt und hatte große Augen bekommen. „Stimmt das?" hauchte sie.

„Wir haben doch keinen Grund, dich zu belügen!" erklärte Turbo.

„Aber das ist doch gefährlich."

„Kann sein."

„Und was wollt ihr jetzt tun?"

„Abwarten", erwiderte Randy. „Oder mal nachschauen. Du weißt nicht zufällig, ob die Typen noch in der Nähe sind? Hätte ja sein können, daß sie irgendwo angehalten haben."

„Nein, meine Mutter hat ihnen den Weg zu euch erklärt, damit war für sie der Fall erledigt. Ich hatte ihr von Turbo erzählt. Für sie war es normal, daß Japaner nach euch fragten."

„Das kann man verstehen."

„Die Kerle treiben sich bestimmt in der Nähe herum", sagte Turbo. „Ich finde, wir sollten nachschauen."

„Nichts dagegen."

„Dann gehe ich auch mit", sagte das Mädchen. „Fragt sich nur, wohin?"

„Erst zu euch?"

„Und dann?"

„Schlagen wir einen Bogen. Wir kennen ja Schleichwege. Vielleicht entdecken wir ihren Wagen, den sie irgendwo abgestellt haben. Wenn die schon so fragten, werde ich den Eindruck nicht los, daß sie unsere Hütte bereits unter Kontrolle halten. Wie auch immer."

„Drück dich mal deutlicher aus."

„Sie beobachten das Haus. Vielleicht durch Ferngläser, was weiß ich noch alles."

„Kann sein." Michaela lächelte und rieb ihre Hände. „Ich finde das spannend, mal ein bißchen Detektiv zu spielen. Wir werden den Wagen schon finden."

„Was war es denn für eine Marke?" wollte Turbo wissen.

„Ein Japaner." Michaela schlug sich gegen die Stirn. „Ich kenne mich da nicht so aus. Ein Honda oder so."

„Welche Farbe hatte er?“

„Blau, ziemlich dunkel. Der glänzte, als wäre er frisch poliert worden.“

„Und sie sind in Richtung unseres Hauses gefahren?“

„Ja, sie haben den normalen Weg genommen.“

„Gut, dann werden wir sie auch finden.“ Randy nickte entschlossen. Es war ein Glück, daß sie Michaela getroffen hatten. Jetzt wußten sie, daß die beiden Kerle Verstärkung von einem dritten Mann bekommen hatten.

Die Sonne meinte es an diesem Tag gut mit ihnen. Sie stand hoch und glänzend am Himmel. Zwar war sie von Wolken umgeben, aber die störten nicht. Auch nicht der etwas kühle Wind, der den Fluß heraufkam, die Blätter der Bäume schüttelte, das Gras kämmte und auf dem Wasser selbst ein Spiel mit den Wellen begann.

Zur Straße hin führte das Gelände ein wenig bergauf. Laubbäume, Büsche, große Grasflecken bildeten eine geschützte Fläche, die von der Straße her durch die alleeartig stehenden Bäume genügend Deckung bekam. Wenn Lastwagen vorbeidonnerten, waren sie mehr zu hören als zu sehen.

Die Schröders wohnten in einem kleinen Haus, das auf Niemandsland stand. Dennoch fühlten sich die Schröders als Düsseldorfer.

Am Rand der Straße mußte Biene an die Leine genommen werden. Außerdem erschreckten sie die Autos, die über den Asphalt flitzten.

„In welche Richtung sind sie gefahren?“ erkundigte sich Randy noch einmal.

Ela deutete nach rechts.

„Also zu uns?“

„Ja.“

„Die werden kaum die Frechheit besitzen und vor unserem Haus parken“, sagte Randy. „Wenn sie den Wagen verlassen haben, steht er irgendwo versteckt.“

„Und was machen wir, wenn wir ihn finden?“ fragte Turbo.

„Erst einmal haben.“

Ela grinste. „Wir könnten uns ja rächen.“

„Wieso?“

„Die haben uns einen Reifen zerstört. Ich wollte schon immer mal einen Wagen mattsetzen.“

Randy lachte. „Jetzt wirst du zur Tigerin. Aber die Idee ist gut.“ Er rieb seine Hände. „Sie gibt mir sogar Auftrieb.“

Auch Turbo fühlte sich angespornt. Im Gänsemarsch gingen sie am Rand der breiten Uferstraße entlang, die wieder stark befahren war. Sie hielten sich im Schatten der Bäume, schauten aber sehr genau durch die Lücken, ob vielleicht irgendwo der Lack eines abgestellten Wagens schimmerte.

Um das Haus der Ritters zu erreichen, mußte man von der Straße her in die Zufahrt einbiegen. Keiner von ihnen glaubte daran, daß die Japaner diesen offiziellen Weg genommen hatten. Sie gingen vielmehr davon aus, daß sie entweder knapp vorher oder kurz danach abgebogen waren. Deshalb achteten sie auch auf Reifenspuren, die sich im weichen Erdreich unweigerlich abzeichnen mußten.

Randy schritt an der Spitze. Ela hatten sie in die Mitte genommen. Als Randy das große Haus bereits durch eine Lücke zwischen den Bäumen sehen konnte, blieb er stehen und schüttelte den Kopf.

„Nichts. Ich glaube, wir haben uns vertan.“

„Geh doch weiter.“ Ela stieß ihn an.

„Ja, ja, keine Panik auf der Titanic.“

„Da!“ Turbo hatte die besten Augen von ihnen. Er streckte den Arm aus und wies mit dem Zeigefinger auf eine Stelle, die von der Straße her in das Gelände hineinführte. Dort war der Boden ebenfalls mit sattgrünem Gras bewachsen, das einen dichten Teppich bildete. In zwei breiten Spuren war es niedergedrückt worden.

Beide Jungen gingen in die Hocke und untersuchten die Flecken genau. „Da ist ein Wagen hergefahren!“ sagte Turbo. „Daran gibt es keinen Zweifel.“

„Und die Deckung ist auch nicht weit entfernt.“ Ela meinte damit eine Buschreihe, die einen schrägen Wall bildete.

Noch konnten sie nicht dahinterschauen. Sekunden später bogen sie die Zweige zur Seite und lachten triumphierend auf.

Hinter der natürlichen Deckung stand der blaue Wagen. Es war tatsächlich ein Honda. Ela hatte sich nicht geirrt. Der Wagen war von der anderen Seite hinter die Büsche gefahren worden. Er hatte von der Straße aus nicht entdeckt werden können.

„Das ist super!" Randy ging um das Fahrzeug herum. Er schaute auch hinein. Wegen der getönten Scheiben mußte er sein Gesicht dicht an ein Fenster bringen.

„Leer."

„Ist sonst noch etwas darin?"

„Nein, die haben alles aufgeräumt. Nichts liegenlassen." Er lachte leise. „Die haben wohl Angst vor Dieben." Er richtete sich wieder auf. „Du bist sicher, Ela, daß es die gleichen Kerle waren, die du am Flughafen gesehen hast?"

„So sicher wie Biene eine Hündin ist."

Sie hatte ihren Namen gehört und begann zu bellen.

„Ich will nicht jemand Unrecht zufügen, weißt du."

„Keine Sorge."

„Okay, dann steh mal Schmiere." Randy und Turbo bückten sich gemeinsam. „Rache ist süß", murmelte Randy und nahm sich das Ventil am rechten Hinterreifen vor.

Wenig später zischte es. Danach sogar im Duett, denn auch Turbo hatte es geschafft, die Luft aus dem Reifen zu lassen. Der Honda wurde langsam in die Tiefe gedrückt. Turbo legte noch seine Hände auf das Dach und half mit.

„Das tut mir richtig gut", sagte er. „Sollen wir die Vorderräder auch noch platt machen?"

Randy winkte ab. „Zwei reichen. Wir wollen nichts übertreiben. Falls sie noch vorgehabt haben, wegzufahren, können sie sich das jetzt von der Backe schminken."

Ela wühlte sich durch die Büsche. Biene hatte auch ihren Spaß. Sie versuchte ständig, Fliegen zu fangen. Das Mädchen setzte sich auf die Motorhaube. „Und jetzt, ihr großen Detektive? Wie geht es weiter? Wem wollt ihr nun die Luft rauslassen?"

„Am liebsten den drei Typen."

„Die müssen wir erst mal haben. Sie wollen ja zu euch, Randy. Vielleicht sind sie schon da."

„Du meinst im Haus?“

„Kann doch sein.“

„Nee, daran glaube ich nicht. Alfred ist da. Den haben wir eingeweiht. Der paßt auf.“

„Aber sie wollen sich das Schwert holen.“

„Sicher.“

„Wie kommt man in den Keller?“

„Von außen schlecht. Die Fenster sind gesichert. Da müßten sie schon die Gitter durchsägen, und so etwas würde auffallen.“

„Welche Möglichkeiten gibt es dann für sie?“

Turbo gab die Antwort. „Ich kann mir denken, daß sie in der Gegend umherschleichen. Die werden das Haus beobachten und erst versuchen, mein Schwert zu stehlen, wenn es Abend geworden ist.“

„Das denke ich auch!“ stimmte Ela zu.

„Glaubst du denn, daß die sich hier noch einige Stunden verstecken? Denen wird es viel zu langweilig.“

Turbo lächelte wissend. „Du kennst uns Japaner noch nicht, Randy. Wir haben eine andere Mentalität als ihr Europäer. Wir können warten, wir haben Zeit.“

Die Freunde überlegten. Randy hielt sein Gesicht gegen den Wind. Durch die Lücken im Blattwerk der Bäume schien warm die Sonne. Ohne die Augen zu öffnen, fragte er: „Was ist, wenn sie uns hier entdecken? Welchen Ärger bekommen wir dann?“

„Einigen“, sagte Turbo.

„Drücke dich genauer aus.“

„Ich könnte mir vorstellen, daß sie einen von uns als Geisel nehmen werden.“

Randy fuhr herum. „Verfluchte Affenkacke, du hast recht! Damit wäre alles im Eimer. Aber restlos. Auch der Plan von Alfred.“

„Was hat er denn vor?“ fragte Ela.

„Kann ich nicht sagen. Außerdem wissen wir das selbst nicht genau.“

„Was bleibt uns also übrig?“ Turbo fügte gleich die Antwort hinzu. „Wir müssen zurück zum Haus.“

„Das bestimmt beobachtet wird.“

„Leider."

Randy ging einige Schritte zur Seite. Er konnte das schloßähnliche Gebäude gut sehen. Der Turm an der Westseite überragte das Dach. Er sah aus wie eine Trutzburg. Zwar fiel das flache Gelände ab, es bot jedoch zahlreiche Deckungen, hinter denen die Japaner lauern konnten. Es war für den Jungen schon ein seltsames Gefühl, auf das Haus zu schauen, es zum Greifen nahe zu haben und trotzdem nicht so ohne weiteres hinlaufen zu können.

„Hast du eine Lösung gefunden?" fragte Turbo.

„Ja, für Ela."

„Wieso für mich?"

„Du gehst am besten zurück."

„Ich?" Sie staunte Randy an.

„Ja, du.“

„Wieso denn das?“

„Weil du unser Schwachpunkt bist.“

Michaela tippte sich gegen die Stirn. „Du hast wohl einen Knick im Gehirn, du komischer Macho. Das kommt überhaupt nicht in die Tüte. Ich bleibe bei euch. Außerdem wärt ihr ohne mich aufgeschmissen gewesen. Ich habe euch doch erst auf die Spur gebracht. Hast du das vergessen, du eingebildeter Typ.“ Elas Augen blitzten. Die Zeichen standen bei ihr auf Orkan.

Das wußte auch Randy. Mit beiden Händen winkte er ab. „Nun reg dich mal nicht gleich auf, es ist wirklich besser, wenn du wieder zu euch gehst.“

„Da bin ich sicher, meinst du?“

„Sehr richtig.“

Ela lächelte sphinxhaft. „Nachdenken war nie deine große Stärke, du Hirnie. Was ist denn, wenn uns die Kerle längst zusammen gesehen haben? Dann wissen sie darüber Bescheid, daß ich praktisch zu euch gehöre. Wenn ich jetzt allein zurückgehe, wissen die doch, daß sie in mir einen Trumpf haben, den sie gegen euch ausspielen können. Die brauchen nur bei uns einzudringen...“ Sie verschluckte den Rest des Satzes und wurde blaß. „Mein Gott, ich habe noch einen kleinen Bruder. Wie stellt ihr euch das eigentlich vor?“

Turbo nickte. „Ich glaube, daß Ela recht hat, Randy. So einfach ist das nicht mehr.“

„Was sollen wir machen?“

„Ich wüßte es.“

„Ja los, Ela, spuck's aus.“

„Ich bleibe bei euch, ganz einfach.“

Randy lachte. „Über Nacht, wie?“

„Na und? Ich habe schon öfter bei euch geschlafen.“ Michaela sprach mit dem größten Selbstverständnis.

Randy gab keine Antwort. Er schüttelte nur den Kopf.

Das gefiel Turbo nicht. „Wir müssen eine Entscheidung treffen“, sagte er.

„Weiß ich auch.“

„Bleibt es dabei?“

Randy drehte sich zu Michaela um, die ihn kokett anlächelte. „Ich glaube Turbos Meinung zu kennen, aber wenn du nicht willst, packe ich mir Biene und verschwinde. Kommen die Kerle dann zu uns, bestelle ich ihnen einen schönen Gruß. Klar?"

„Mist!"

Ela ging. Biene wollte nicht so recht. Sie schaute über die Grashalme hinweg aus ihren braunen Augen auf ihr Frauchen und bellte kläffend.

„Der Hund hustet", sagte Randy. „Okay, ich bin einverstanden. Du kannst mit zu uns. Aber was Alfred dazu sagen wird, das weiß ich jetzt noch nicht. Mach dich auf etwas gefaßt."

„Er wird mich verstehen."

„Und was sagt eine Gesunde?"

„Hau doch nicht so auf den Löffel, du alter Streithammel. Denk lieber darüber nach, wie wir am besten und auch ungesehen zu euch zurückkommen!"

„Manchmal ist der direkte Weg der sicherste", sagte Turbo. „Weit ist es nicht."

„Und wenn sie hier in der Nähe hocken?"

„Die sind zu dritt, Randy. Die Kerle haben sich bestimmt verteilt, um das Haus unter Beobachtung zu halten."

„Ich bin dabei. Wir bleiben nur dicht zusammen. Haltet die Augen offen. Was ist mit Biene?"

„Die nehme ich an die Leine."

Biene wollte nicht, doch Ela kannte kein Pardon. „Los, du kleine Hexe, so haben wir nicht gewettet."

Biene beruhigte sich schnell wieder. Sie und Ela gingen wieder in der Mitte. Randy kam sich vor wie ein alter Fallensteller aus dem Wilden Westen. Sehr vorsichtig schaute er sich um und beobachtete zunächst noch das Haus.

Wie gemalt lag es in der klaren Luft und im Schein der Sonne. Ein wunderschöner Anblick. Eigentlich hätte Randy stolz darauf sein können, so zu wohnen, das war er im Prinzip auch. Jetzt aber überwogen die Zweifel.

Er hatte sich nie als Feigling angesehen, doch Vorsicht war immer besser, als nachher in den Scherben zu landen.

Falls die Japaner sich tatsächlich in der Nähe aufhielten, hatten sie es geschafft, sich hervorragend zu verstecken. Nicht einmal ein Schuhabsatz war von ihnen zu sehen. Das dichte Grün der Uferregion wirkte an einigen Stellen wie eine Wand.

Die Freunde hatten es eilig, dennoch rannten sie nicht unkontrolliert auf das Haus zu.

Sie gingen langsamer, schauten sich um. Jeder von ihnen behielt eine Richtung im Auge. Damit Biene nicht bellte, hatte Ela, die den Hund trotz der Leine noch trug, eine Hand um seine Schnauze gelegt. Das gefiel Biene überhaupt nicht. Sie schaute ihr Frauchen aus großen Augen bittend an.

„Gleich ist ja alles vorbei, Biene. Es dauert nicht mehr lange, das verspreche ich dir."

Michaela Schröder sollte sich irren. Randy blieb so abrupt stehen, daß sie fast gegen ihn gelaufen wäre.

„Was ist denn?"

„Runter!"

Nicht nur Randy duckte sich, auch Ela und Turbo gingen in die Knie. Der Freund aus Japan kroch auf Händen und Füßen vor. Neben Randy hielt er an.

„Was ist denn?"

„Ich habe was gesehen!"

„Und?"

„Schau mal nach links." Er sprach so laut, daß auch Ela mithören konnte. „Da ist dieser Baum, die alte Ulme. Zwischen den Blättern habe ich etwas blitzen sehen."

„Was war es denn?"

„Weiß ich doch nicht. Es gehörte jedenfalls nicht dahin, wenn du verstehst."

„Sicher."

„Ob da jemand im Baum hockt?" fragte Michaela.

Randy nickte. „Daran habe ich auch schon gedacht. Ist doch ein idealer Platz für eine Beobachtung – oder nicht?"

„Besonders dann, wenn man einen Feldstecher hat."

„Was machen wir?" fragte Turbo.

Die Antwort kam aus dem Baum. Abermals blitzte es zwischen dem Blattwerk auf. Gleichzeitig hatten sich noch einige

Blätter bewegt. Sicherlich nicht vom Wind. Der Lichtreflex erreichte die drei Freunde, ein Zeichen, daß der Unbekannte im Baum in ihre Richtung starrte.

„Der weiß, wo wir sind!" flüsterte Ela.

„Nehme ich auch an!" erwiderte Randy. Er drehte sich zu Ela um. „Da gibt es nur eines. Die Beine in die Hand nehmen und zum Haus rennen. Vielleicht sind wir schneller."

„Du als Staffelläufer bestimmt."

„Ich bin auch nicht langsam", sagte Turbo.

Randy hatte sich bereits aufgerichtet und eine Position eingenommen, wie sie einem Startläufer entsprach. „Seid ihr fertig?"

Die beiden nickten.

„Biene auch?"

„Die halte ich fest!"

Randy richtete sich auf. „Dann los!" zischte er durch die Zähne und startete.

Der Untergrund war keine Aschenbahn wie auf dem Sportplatz. Er war bucklig, hatte auch kleine Schlaglöcher, fiel mal schräg ab, das Laufen war nicht einfach, besonders nicht das schnelle Rennen.

Randy, Turbo und Ela duckten sich dabei. Über Hindernisse sprangen sie hinweg. Sie liefen schräg auf das Haus zu und würden es an der Turmseite erreichen.

Das hatte auch der Beobachter im Baum gesehen. Randy, der einen Blick nach links warf, sah plötzlich die Gestalt. Es war ein Fremder. Er turnte über dem Boden und hielt sich dabei mit beiden Händen an einem weit vorwachsenden Ast fest. Dabei schaukelte er. Auch aus der Entfernung war zu sehen, daß dieser Typ fast doppelt so kräftig war wie die beiden Japaner, mit denen sie es bisher zu tun gehabt hatten.

„Schneller!" schrie Randy. Er brauchte auf nichts mehr Rücksicht zu nehmen, jetzt, wo man sie entdeckt hatte.

In diesem Augenblick ließ der Mann den Ast los. Er fiel aus einer ziemlich großen Höhe, aber sie machte ihm nichts aus. Er berührte den Boden, ließ sich fallen, rollte sich ab und verlängerte den Schwung, indem er wieder auf die Beine sprang.

Ein Kampfschrei drang aus seinem Mund.
Dann jagte er auf die drei Freunde zu!

*

Er kam von links. Der Vergleich mit einem lebenden Kraftpaket kam Randy in den Sinn, als er erkannte, wie schnell dieser Mann laufen konnte. Seine Beine schienen den Boden kaum zu berühren. Er flog förmlich über ihn hinweg und war gewandt wie eine Katze.

Dabei trug er dunkle Kleidung, nur das Gesicht schimmerte hell, als hätte er eine Maske aus Silber aufgesetzt.

Konnten sie es schaffen?

Die Entfernung zwischen ihnen und dem anderen Kerl schmolz zusehends dahin. Randy hörte seinen eigenen Atem, aber auch das Keuchen seiner Freunde hinter sich. Dazwischen bellte Biene, als könnte sie durch ihre Geräusche den anderen vertreiben.

Wenn jetzt einer von ihnen stolperte und hinfiel, war alles vorbei.

Der Japaner setzte mit gewaltigen Sprüngen über Büsche hinweg, als wollte er abheben und fliegen. Federnd kam er immer wieder auf und rannte noch schneller. Der besaß eine Kondition, die schon übernatürlich wirkte.

Ein zweibeiniger Tiger hatte sich auf die Fährte der Freunde gesetzt. Vielleicht hätten sie es nicht geschafft, dann passierte dem Japaner ein Mißgeschick.

Bei einem seiner weiten Sprünge hatte er nicht mehr die Unebenheit des Bodens mit in Rechnung gezogen. Er kam zwar noch richtig auf, knickte dann aber weg und vollführte in der Luft einen Salto. Gras und hohes Buschwerk nahmen den Flüchtenden die Sicht auf ihn. Als der Mann wieder hochschnellte und die weitere Verfolgung aufnahm, hatten die Freunde den Turm schon fast erreicht.

„Wir schaffen es!“ brüllte Randy. Sie konnten jetzt besser laufen. Nahe dem Hause ging der Untergrund in eine graue glatte Schicht über, auf der kleine Steine lagen.

Noch während des Laufens holte Randy den Schlüssel aus der Tasche. Er öffnete die Eingangstür, rammte sie nach innen und ließ erst seine Freunde in das Haus.

Bevor er die Tür wieder zuschlug, schaute er sich noch einmal um. Von dem Verfolger sah er nichts.

Turbo hatte sich einfach zu Boden fallen lassen. Er lag rücklings auf dem Teppich, hielt den Mund weit offen und atmete keuchend. Ela hockte in einem Sessel. Rot im Gesicht, erschöpft. Biene saß auf ihrem Schoß und schien nicht zu wissen, ob sie bellen sollte oder nicht.

Randy kam sich vor wie ein Marathonläufer. Er schleifte über den Teppich und visierte einen Sessel an. Über die Lehne hinweg ließ er sich hineinfallen.

Niemand von ihnen sprach. Das Keuchen ihrer heftigen Atemzüge erfüllte die Halle.

Ela fand als erste die Sprache wieder. Während sie Biene streichelte, sagte sie: „Himmel, war das knapp. Zum Schluß hatte ich das Gefühl, Blei in den Beinen zu haben." Ihr Kommentar wurde stets durch ein heftiges Keuchen unterbrochen.

„Bei mir war es wohl Eisen", bemerkte Turbo.

Randy hatte sich nach vorn gebeugt und seine Arme baumeln lassen. Die Fingerspitzen berührten den Teppich. „Jetzt wissen wir, was auf uns zukommt." Er schaute Ela an. „Du kannst wirklich nicht weg."

Sie hob die Schultern. „Das habe ich gewußt."

„Wenn sie sich schon so offen zeigen, frage ich mich, ob sie überhaupt bis zur Dunkelheit warten werden. Oder was meinst du, Randy?"

„Willst du ihnen das Schwert gleich geben, Turbo?"

„Nein, natürlich nicht."

„Sollte nicht Alfred Bescheid wissen?" fragte Ela.

„Der ist im Keller."

„Das ist ein Grund, aber kein Hindernis."

Randy winkte ab. „Alfred will nicht gestört werden. Er hat einen bestimmten Plan."

„Kann man mehr darüber hören?"

„Wir kennen ihn nicht. Aber wir können Alfred vertrauen."

„Die anderen sind zu dritt“, warf Michaela ein.

Randy wechselte das Thema. In der Halle stand ebenfalls ein Telefon. „Wolltest du nicht deine Mutter anrufen und ihr Bescheid geben, wo du bleibst?“

Ela hob die Schultern. „Ich bin mir nicht sicher. Vielleicht sollte ich doch wieder...“

„Zurückgehen, wie?“ Randy lachte. „Nein, das ist jetzt...“

„Da, am Fenster!“ Ela hatte den Satz geschrien. Sie zeigte auf die Scheibe neben der Tür.

Randy wirbelte herum, Turbo ebenfalls, und Biene begann zu kläffen.

Hinter der Scheibe zeigte sich ein Gesicht. Es war eine Fratze, sehr bleich, dabei böse blickend. Unbeweglich stand es hinter dem Glas wie ein Gestirn am Himmel. Für einen Moment zogen sich die Lippen in die Breite. Sie schickten ein kaltes, diabolisches Lächeln zu den Freunden hinüber.

So schnell wie es erschienen war, verschwand das Gesicht wieder. Wie ein Phantom.

Ela preßte beide Hände unter ihren Hals. „Habe ich mich erschreckt!“ flüsterte sie. „Himmel, was habe ich mich erschreckt!“

Randy und Turbo gaben keine Antwort. Auch ihnen saß der Schock in den Knochen.

Randy dachte über das Gesicht nach. Seine Eltern hatten ihn gelehrt, einen Menschen nie nach dem Äußeren zu beurteilen. Der Mann hinter der Scheibe hatte ihm Angst eingejagt. Das Grinsen war so kalt, so wissend gewesen und hatte ihnen gleichzeitig so etwas wie absolute Chancenlosigkeit versprochen.

Randy schüttelte sich, als hätte jemand Wasser über ihn gegossen. Er hörte kaum, daß Turbo ihn ansprach, und als er den Freund anschaute, wirkte er wie aus einem tiefen Traum erwacht.

„Was hast du gesagt?“

„Ich kenne den.“ Auch Turbos Gesicht war blaß geworden. „Den Mann, den kenne ich.“

„Woher denn?“

„Von Fotos, die ich in unseren Zeitungen gesehen habe. So ein Gesicht behält man. Er war aber nie allein abgebildet, immer zusammen mit einem anderen Mann, der sein Chef ist. Yamuto."

„Der ist doch auch der Boß von den anderen beiden."

„Das schon, aber dieser hier ist etwas Besonderes. Er ist immer bei ihm. Der beschützt ihn."

„Sein Gorilla?"

„Ja, ein Leibwächter und ungeheuer gefährlich. Manchmal trägt er auch andere Kleidung. Die ist dunkelblau, fast ein Gewand. So sind in früheren Jahrhunderten die Samurai herumgelaufen. Jedenfalls wird der nicht aufgeben. Da haben sie sich den Richtigen geholt."

Nach diesem Vortrag schwiegen die Freunde. Sie hingen ihren Gedanken nach und kamen jeder zu dem gleichen Ergebnis. Die Gefahr hatte sich verdichtet.

„Was können wir gegen die drei Männer tun?" fragte Ela mit flüsternder Stimme.

„Nicht viel", sagte Randy.

„Müssen wir warten, bis sie zuschlagen?"

„Da wäre noch Alfred."

Michaela gab keine Antwort. Sie hob die Schultern. „Alfred, mein Gott, das ist ein netter Kerl. Ich mag ihn unheimlich. Aber kommt der gegen drei Männer an?"

„Er wird sich Mühe geben!" sagte Randy.

„Mühe allein reicht ja bekanntlich nicht..."

„Es kommt immer auf denjenigen an, der sich die Mühe gibt." Niemand hatte Alfred gehört. Er stand plötzlich in der Halle und nickte ihnen zu. „Ihr seid mir vielleicht Aufpasser. So wie ich mich angeschlichen habe, hätten es auch andere tun können."

„Alfred!" Randy sprang hoch. „Verflixt, du hast uns vielleicht erschreckt." Er wischte die feuchten Handflächen an der Hose ab. „Weißt du, was geschehen ist?"

Erst jetzt fing Biene an zu bellen. Sie kannte Alfred und begrüßte ihn freudig.

„Hallo, Biene." Der „Diener" beugte sich vor und hob den

Hund hoch. Er schaukelte ihn auf den Armen, dabei nickte er Ela zu und meinte: „Wie kommst du überhaupt her?“

Sie erzählte es.

„Du hast dir einen ungünstigen Zeitpunkt ausgesucht, Mädchen.“

„Das glaube ich auch.“

„Alfred“, sagte Randy. „Hast du gehört, über was wir uns vorhin unterhalten haben?“

„Zum Teil.“ Er blickte Turbo an. „Du hast den Mann gekannt?“

„Ja, der ist verflucht gefährlich. Er bewacht Yamuto. Ich habe ihn des öfteren in den Zeitungen gesehen. Wenn es dem

gelingt, hier einzudringen, können wir uns auf etwas gefaßt machen. Der kann Mauern mit seinen bloßen Händen durchschlagen."

Alfred ging nicht näher auf diese Bemerkung ein, obwohl er sie genau verstanden hatte. Das war am Zucken seines Mundes zu sehen. Er wandte sich statt dessen an Michaela Schröder. „Ich möchte, daß du deine Eltern anrufst und ihnen sagst..."

Ela stand auf. „Das hatte ich vor, aber dann tauchte das Gesicht auf."

„Gut, ruf sie an und erkläre ihnen, daß du hier übernachten wirst. Sollten noch Fragen entstehen, werde ich mit deiner Mutter reden."

„Ja, ist gut, danke."

„Zum Schlafen werden wir wohl kaum kommen", sagte Randy.

Alfred nickte. „Da hast du recht. Wir haben einmal in den sauren Apfel gebissen und können nicht mehr weg."

„Und wenn wir jetzt der Polizei Bescheid sagen?"

„Dann wird sie die Japaner vertreiben."

„Das ist doch gut."

Alfred hob eine Hand. „Im Moment und für heute sicherlich. Ich bin jedoch der Ansicht, daß sie wiederkommen werden. Wenn es ihnen heute nicht gelingt, das Schwert zu bekommen, versuchen sie es morgen und übermorgen wieder. So müßt ihr das sehen, Freunde. Wir werden es heute durchstehen."

Nach dieser Erklärung schwieg Alfred, weil er Michaela bei ihrem Telefonat nicht stören wollte.

Die Schröders kannten die Familie Ritter gut. Ihre Kinder waren zusammen aufgewachsen und gute Freunde. Auch Randy hatte schon mehrere Tage bei Schröders verbracht. So war es auch kein großes Problem für Michaela, ihre Mutter davon zu überzeugen, daß sie erst am nächsten Tag wieder nach Hause kommen wollte.

Als das Mädchen auflegte, zeigte ihr Gesicht Erleichterung. „So, das ist alles klar gelaufen. Und jetzt?" Elas Gesicht hatte wieder etwas Farbe bekommen. Sie schaute die anderen fragend an.

„Ich habe einen Vorschlag“, sagte Alfred. „Ihr werdet jetzt nach oben in Randys Zimmer gehen und dort warten, bis etwas geschieht. Versteckt das Schwert oder laßt es dort liegen, wo es jetzt liegt. Ich muß noch einiges vorbereiten.“

Ela war neugierig. „Was denn?“

„Kann das mein Geheimnis bleiben?“ fragte Alfred lächelnd.

Das Mädchen zog einen Schmollmund. „Ungern.“

„Aber es muß sein.“ Alfred deutete auf die Treppe. „So, ihr Lieben, hoch mit euch.“

Ohne zu murren, zogen sich die Freunde zurück. In Randys Zimmer wollte Ela das Schwert sehen.

Turbo zögerte und schaute seinen Freund an.

„Zeige es ihr schon, die läßt dir sonst keine Ruhe. Ich kenne sie schließlich.“

„Also gut.“ Der Junge aus Japan holte das Schwert unter dem Bett hervor.

Michaela Schröder stand neben ihm, hatte sich gebückt und die Handflächen flach auf ihre Oberschenkel gelegt. Als sie das Schwert sah, bekam sie große Augen und konnte einen Kommentar der Überraschung nicht zurückhalten.

„Mann, ist das wahne.“

„Ja, stark, nicht.“ Turbo reichte ihr das Schwert. „Willst du es mal halten?“

Ela hob die Schultern und rümpfte die Nase. „Ich weiß nicht so recht. Darf ich denn?“

„Sicher.“

„Danke.“ Sie faßte das Schwert mit beiden Händen am Griff und hob es an. „Himmel, ist das schwer. Wer damit kämpfen will, muß aber viel Kraft haben.“

„Und ob.“

„Hast du schon mal...“

„Nein, Ela. Aber in unserer Familie waren es meine Vorfahren, die sich mit dem Schwert verteidigen mußten.“

„Dann ist damit auch getötet worden?“

Turbo nickte mit ernstem Gesicht. „Ja, das kann man sagen. Damit wurde auch getötet."

Michaela legte das Schwert auf das Bett. Biene sprang hinterher und mußte die Waffe beschnüffeln.

„Biene, geh da weg!" Und als die Hündin nicht gehorchte, schnappte Michaela sie und stellte sie auf den Boden. „Da bleibst du jetzt, verstanden."

Biene war beleidigt, drehte ihrem Frauchen den Rücken zu und starrte die Tür an, die sie bewachen wollte.

„Dann warten wir", sagte Randy und ging zur Tür.

„Wo willst du hin?" fragte Ela, wie immer neugierig.

„Was zu trinken und zu essen holen. Trotz allem habe ich Hunger bekommen."

„Und ich auch", sagte Turbo.

„Wann habe ich dich schon einmal satt erlebt?" Grinsend verließ Randy das Zimmer.

Die Nacht der Entscheidung

Als hätte die nicht sichtbare Hand eines Malers mit einem gewaltigen Pinsel den Himmel bestrichen, so schob sich das Grau der Dämmerung über das flache Land.

Es vertrieb die Helligkeit des Tages, drängte sie immer weiter zurück, und auch die Sonne hatte sich längst hinter dem fernen Horizont versteckt. Nicht einmal ein letztes Glühen war von ihr zu sehen.

Die Freunde hatten Alfreds Rat befolgt und waren im Zimmer geblieben. An den beiden Fenstern hielten sie Wache. Sie schauten in Richtung Rhein, und Randy hatte auch zwei Feldstecher besorgt. So holte er für Turbo und sich den Fluß nahe heran. Sie verfolgten die Schiffe, die sich träge durch die Fluten schoben; nach der Yacht der Japaner hielten sie vergeblich Ausschau.

„Keine Rückendeckung vom Wasser her!“ hatte Randy irgendwann einmal gesagt.

Ela lachte. „Ob die schon an ihrem Wagen waren?“ Sie hockte auf dem Bett. Biene lag auf ihrem Schoß und schlief.

Randy hob die Schultern. Er nahm einen Schluck Limo aus der Dose. „Die werden anderes zu tun haben.“

Turbo schaute noch immer aus dem Fenster. Randy wollte ihm schon raten, aufzugeben, als sich der Freund aus Japan von allein zurückzog und den Feldstecher senkte.

„Es hat keinen Sinn, da schwimmt alles. Zwielicht, versteht ihr. Ich kann nichts mehr erkennen.“

„Eigentlich eine gute Zeit für sie“, meinte Randy.

„Hör auf“, sagte Ela. Je mehr Zeit verschritten war, um so blasser war sie geworden.

Auch ihre beiden Freunde schwitzten. Sie gaben sich längst nicht mehr so cool wie noch vor zwei Stunden. Immer häufiger wischte sich Randy eine Haarsträhne aus der Stirn. Bei ihm ein Zeichen, daß er unter einem inneren Druck stand.

Den gelassensten Eindruck machte noch Turbo. Das lag wohl an seiner asiatischen Mentalität. Auch jetzt verließ er seinen Platz am Fenster nicht. Die Freunde hatten bewußt kein Licht gemacht. In Randys Raum überwogen die Schatten. Nahezu unheimlich und düster lauerten sie in den Ecken und paßten zu der Stimmung.

Randy lehnte an der Wand. Er schaute schräg durch die Scheibe nach unten. Vor dem Haus wuchsen die Bäume hoch. Ihre Blätter zitterten im leichten Wind. Jenseits des Flusses, wo ebenfalls die Straße herlief, fuhren die Autos bereits mit Licht. Als einzelne helle Punkte tauchten die Scheinwerfer auf, bevor sie von der Dämmerung verschluckt wurden.

Schiffe pflügten durch das Wasser. Ihre Bugwellen schimmerten wie weiße Bärte.

Eine friedliche Stimmung am Niederrhein, so hätte man meinen können. Aber Turbo ließ sich von diesem äußeren Eindruck nicht täuschen. Er war sehr auf der Hut.

Und er sah die Gestalt!

Wo sie gelauert hatte, war von ihm nicht erkannt worden.

Jedenfalls war sie plötzlich da. Ein Schatten auf zwei Beinen, der in Richtung Haus huschte.

Turbo konnte nicht ausmachen, um welchen der Japaner es sich handelte. Er wollte Randy schon Bescheid geben, als die Gestalt stehenblieb und kurz hochwinkte. Wenig später war sie im Haus verschwunden, denn sie hörten unten die Tür schlagen. Jetzt war auch Randy aufmerksam geworden. Turbo ging zur Zimmertür.

„Das muß einer gewesen sein. Jetzt ist er im Haus." Er hatte seine Hand bereits auf die Klinke gelegt.

„Und wer?" fragte Randy.

Ela legte Biene auf das Bett, wo der Hund weiterschlief. Das Mädchen richtete sich gespannt auf.

„Ich habe ihn nicht erkannt." Turbo räusperte sich und öffnete die Tür.

Da hörten sie hastige Schritte. Sie eilten die Treppe hoch. „Wenn das der Große ist", sagte Randy und atmete einen Moment später erleichtert auf, weil Alfred erschien.

„Du bist es!" stöhnte Randy. „Wir dachten schon..."

„Ich war draußen." Alfred betrat das Zimmer, nachdem die Jungen zur Seite getreten waren.

„Und?"

Alfred drehte sich um. Sein Gesicht war ernst. Er nickte. „Ich habe sie gesehen, aber sie mich wahrscheinlich nicht. Ich will es wenigstens nicht hoffen."

„Wo haben sie sich denn versteckt?"

„Sie können das Haus von drei Seiten beobachten. Ich schätze, daß wir in den nächsten Minuten mit ihrem Besuch rechnen müssen. Dieses Zwielicht, in dem alles zerfließt, ist genau richtig."

Die Freunde schwiegen. Ela biß sich auf die Lippe. Randy starrte gegen die Wand, und Turbo auf seine Zehen.

„Was sollen wir tun, Alfred?"

„Die Ruhe bewahren, Ela."

„Das sagt sich so leicht."

Alfred winkte ab. „Denkt daran, daß auch ich meine Vorbereitungen getroffen habe."

„Und was?“

„Randy, du wirst dich wundern.“ Alfred nickte. „Aus meiner Zeit beim Film habe ich noch nicht alles verlernt. Das Haus ist an bestimmten Stellen gesichert. Seid auch ihr vorsichtig.“

„Sollen wir denn im Zimmer bleiben?“

Alfred überlegte. „Hier seid ihr relativ sicher. Dennoch wäre es besser, wenn nur einer von euch zurückbleibt.“ Er drehte den Kopf und schaute Michaela dabei an.

„Ja, ich bleibe hier.“

„Dann kommt ihr mit.“

„Wo wollt ihr denn hin?“ Ela war noch ängstlich.

„Keine Sorge, Michaela, wir bleiben im Haus. Wir müssen sie nur richtig locken, verstehst du?“

Ela nickte, obwohl sie bestimmt nicht verstand. Sie war blaß geworden, setzte sich auf das Bett und streichelte Biene. Die Nähe ihres Hundes beruhigte sie.

„Dann bis gleich“, sagte Randy. Er konnte nicht vermeiden, daß seine Stimme zitterte.

Alfred, Turbo und er verließen den Raum. Sie blieben auf dem Gang stehen, wo Alfred ihnen einige Instruktionen gab, die sie unbedingt befolgen mußten.

„Sind die Türen verschlossen?“ fragte Randy.

„Nein. Ich möchte ja, daß sie kommen.“ Alfred schaute sich um. Er hatte nur an bestimmten Stellen Lampen brennen lassen. Der größte Teil lag im Dunkeln. Wer aber das Haus betrat, mußte durch eine dieser Lichtinseln.

Alfred trennte sich von den beiden Freunden. „Ihr bleibt zunächst auf der Treppenmitte stehen, klar?“

„Sicher.“

„Es wird schon werden.“ Er lächelte optimistisch und lief die restlichen Stufen hinab.

Alfred konnte sich so lautlos bewegen wie ein Indianer. Sie sahen ihn noch einmal, dann war er in der Dunkelheit der Halle verschwunden wie ein Schatten.

„Soll ich mich nicht lieber auf der anderen Treppenseite aufstellen?“ fragte Turbo.

„Nein, bleib hier. Alfred hat schon seine Gründe.“

„Hoffentlich hat er die Kerle nicht unterschätzt."

„Der nicht, mein Freund."

Das Schweigen umgab sie wie eine dichte Decke. Die Jungen hörten ihren eigenen Herzschlag – und noch ein anderes Geräusch.

„Die Tür!" hauchte Randy.

Von außen war sie geöffnet worden. Und nicht einmal leise. Die Eindringlinge schienen sich ihrer Macht bewußt zu sein. Niemand würde sie stoppen können.

Randy und Turbo schauten schräg über das Geländer hinweg nach unten in die Halle.

Die Tür war zu einem Drittel aufgeschwungen. Von draußen her sickerte noch ein grauer Streifen dämmriges Licht in die Halle und verlief sich vor dem Kamin.

Lautlos schob sich der Glatzkopf als erster in die Halle. Er trug irgend etwas in der Hand. Es war bestimmt eine Waffe, nur konnten die Jungen nicht erkennen, worum es sich handelte.

Kway bewegte sich wie ein Karatekämpfer. Jeder Schritt war genau getimt, nichts entging ihm. Seine Blicke durchstreiften die Halle und forschten nach Fallen.

Sekunden vergingen.

Auch Randy und Turbo hielten den Atem an. Auf diese Szene hatten sie eigentlich gewartet. Jetzt, wo sie da war, da kam ihnen alles anders vor, als sie es sich immer wieder ausgemalt hatten.

Glatzkopf hatte nichts gefunden, was ihn störte. Er drehte sich kurz um und winkte dem zweiten Mann zu.

Shuyo trug nicht mehr seinen braunen Anzug. Auf dunkle Kleidung hatte er trotzdem nicht verzichtet. Mit lautlosen Schritten näherte er sich seinem Kumpan. Zuvor hatte er noch die Tür ins Schloß gedrückt.

„Die meinen es so verflucht ernst", hauchte Randy und schaute zu, wie die beiden sich flüsternd berieten. Dabei blieben sie zwar still stehen, doch ihre Köpfe befanden sich in Bewegung. Die Blicke durchmaßen nicht allein die Halle, sie huschten auch über die von zwei Seiten nach oben laufenden Treppen hoch.

Glücklicherweise standen Randy und Turbo im Dunklen. Auch mit Argusaugen hätten sie nicht entdeckt werden können.

„Und wo steckt der dritte?“ hauchte Turbo.

„Keine Ahnung.“

Die Japaner unten in der Halle trennten sich. Der Glatzkopf war es, der auf die Treppe zuhuschte und dabei sein Schwert einmal blitzend über dem Kopf kreisen ließ.

„Werden wir mit dem fertig?“ fragte Turbo.

„Nie!“

Da öffnete sich eine Tür. Sie führte zur Küche. Wie ein Phantom tauchte eine dritte Gestalt auf.

Es war Alfred!

Den Freunden fiel ein Stein vom Herzen. Der Glatzkopf hatte gehört, daß die Tür aufgeschwungen war. Noch bevor er die erste Stufe erreichte, blieb er stehen und kreiselte geduckt herum. Dabei schoß die Klinge seines Kampfschwerts vor.

Auch Shuyo hatte Alfred entdeckt. Er rief dem Glatzkopf etwas zu, der startete wie ein Blitz.

„Meine Güte!“ ächzte Randy, denn er sah, daß die Klinge genau auf Alfred wies.

Auch Turbo hielt den Atem an. Sie gaben Alfred kaum eine Chance, doch der wartete haargenau den richtigen Zeitpunkt ab. Plötzlich sprang er zurück, verschwand in der Küche und rammte gleichzeitig die Tür zu.

Der Glatzkopf lachte wie irre. Nur noch ein paar Schritte, dann hatte er die Tür erreicht.

Da passierte es.

Plötzlich lag er buchstäblich in der Luft, als wollte er unfreiwillig einen Salto schlagen. Die Füße hatten den Kontakt zum Boden verloren. Vor der Küchentür war alles spiegelglatt.

Im Sommer gibt es kein Glatteis, aber Schmierseife.

„Ahhhh...!“ Kways Schrei durchschnitt die Stille der Halle. Er endete in einem dumpfen Laut, denn der Glatzkopf konnte seine Rutschpartie nicht mehr stoppen und prallte hart gegen die äußere Seite der Küchentür.

Zum Glück war sie stabil gebaut, sonst wäre sie noch zerbrochen. Damit hatte keiner der beiden gerechnet, auch Shuyo nicht, der mitten in der Halle stand und vor Wut einen Anfall bekam, wobei er wie Rumpelstilzchen wirkte, denn er trat einige Male mit dem Fuß auf und schimpfte seinen Kumpan aus.

Da er japanisch sprach, verstand nur Turbo etwas. Er übersetzte es Randy nicht. Die beiden grinsten allerdings, und Randy meinte: „Ich bin gespannt, welche Überraschungen Alfred noch auf Lager hat."

Der Glatzkopf wollte nicht aufgeben. Hinter der Tür lauerte derjenige, der ihm den Ärger eingebrockt hatte, und den mußte er einfach aus dem Weg räumen.

Als würde er auf Eiern tanzen, so vorsichtig versuchte er, sich zu erheben. Mit der freien Hand stützte er sich ab, das Schwert ließ er allerdings nicht los.

Er wollte die Tür nach innen rammen, wuchtete schon, als er stand, seine rechte Schulter vor, als Alfred sie von der anderen Seite her aufzog.

Der Glatzkopf flog über die Schwelle – und genau in die Arme des grünen Monstrums mit den roten Augen.

„Alles nur eine Sache der Reflexe!" flüsterte Randy und rieb seine Hände.

Auch Turbo grinste. Es sah einfach zu komisch aus, als Kway sein Schwert stieß und die Spitze im gewaltigen Körper des Monstrums verschwand. Das Monstrum aber umschlang ihn so, wie es auch Randy im Keller umfaßt hatte.

Kway war völlig von der Rolle. Er schrie und fluchte, doch so einfach konnte er sich nicht befreien.

Alfred hatte die Elektronik eingeschaltet. So schob das Monstrum den Japaner zurück.

Hinein in die Schmierseife, wo er wieder den Halt verlor, nach hinten kippte und das Filmmonster auf sich zog. Er fluchte dabei und ärgerte sich maßlos. Mit der linken Hand drosch er in den massigen Körper. Immer wieder hämmerte er die Faust hinein, und er schaffte es schließlich, das Monstrum von sich zu schleudern. Der massige Körper rutschte über den eingeseiften Boden und blieb erst dort liegen, wo der Stein wieder normal war.

Kway aber kochte vor Wut.

Shuyo griff sicherheitshalber nicht ein. Er schaute zu, wie Kway auf die Knie kam.

Diesmal war er gewarnt. Er würde nicht mehr wie ein Tölpel in die Falle laufen.

Noch in kniender Haltung wechselte er das Schwert in die Linke und hob den rechten Arm an.

Er preßte die Hand auf die Klinke, drückte sie auch nach unten, aber die Tür ließ sich nicht mehr öffnen. Alfred hatte sie von innen abgeschlossen.

Kway heulte vor Wut, und dann heulte er noch lauter, weil er festgestellt hatte, daß er die Hand nicht mehr von der Klinke lösen konnte. Sie klebte einfach fest.

Er riß, er zerrte, tobte, schimpfte, seine Hand blieb an der Tür kleben.

„Festgeleimt, herrlich!" Die Jungen amüsierten sich köstlich. „Alfred ist eine Superschau. Der hat die Türklinke mit irgendeinem Leim bestrichen."

Kway tobte nicht mehr. Er kniete in einer grotesken Haltung vor der Tür, einen Arm halb erhoben, die andere Hand aufgestützt, und an sein Schwert dachte er nicht mehr.

Er drehte den Kopf und schrie seinem Kumpan etwas zu.

Turbo übersetzte. „Er will, daß er ihm hilft."

„Mal sehen." Randy grinste. „Wenn er den Glatzkopf zieht, kriegt er ihn trotzdem nicht los."

„Glaube ich auch."

Shuyo war erst vorsichtiger. Er wollte Kway mit einigen Worten beruhigen, der noch immer versuchte, seine Hand endlich von der Klinke zu lösen. Das gelang ihm nicht.

Und Shuyo achtete nicht mehr auf die Umgebung. Er hatte nur eines im Sinn, seinem Freund zu helfen, und so erreichte auch der zweite Japaner den mit Schmierseife eingeriebenen Bereich.

Kaum hatte er seinen Fuß darauf gesetzt, erinnerte er an einen Seiltänzer. Um das Gleichgewicht zu halten, mußte er die Arme ausbreiten. Es war dumm, was er tat, weil er sich selbst damit in eine schlechte Position brachte, aber das überblickte er nicht.

Kway jammerte. Er hing auch weiterhin fest, so sehr er auch dagegen anging.

Shuyo hatte beide Füße auf die gefährliche Stelle gesetzt, als in seinem Rücken jemand erschien.

Es war Alfred. Er hatte die Küche durch die zweite Tür verlassen, einen Bogen geschlagen, eine andere Tür geöffnet, stand nun abermals in der Halle und winkte den Jungen auf der Treppe sogar noch zu, die kurz zurückgrüßten.

Alfred ließ einige Sekunden verstreichen, bevor er sich bemerkbar machte.

Dies geschah durch ein Räuspern. Gerade so laut, daß es auch die beiden Eindringlinge vernehmen konnten.

Shuyo blieb gebückt stehen. Sein Körper bewegte sich nicht, er schüttelte nur den Kopf, als wollte er nicht glauben, was er da gehört hatte.

„Suchst du mich?“ fragte Alfred in seinem Rücken.

Shuyo erwiderte nichts, dafür stieß der andere Kerl einen heulenden Laut aus. Mit beiden Händen stützte sich Shuyo an dessen Schultern ab, bevor er sich behutsam umdrehte.

Alfred hatte eine lässige Haltung eingenommen. Auf seinen Lippen lag sogar ein Grinsen. Leicht überheblich und sehr wohl wissend, daß er es war, der hier den Ton angab.

Das wollte Shuyo nur nicht einsehen. Er hatte es geschafft und sich endlich gedreht. Alfred ließ ihn einen vorsichtigen Schritt gehen, einen zweiten ebenfalls, dann stand der Japaner wieder auf dem normalen Steinboden.

„Bin gespannt“, hauchte Randy, „was Alfred sich jetzt wieder hat einfallen lassen.“

Turbo sagte nichts. Er fieberte den neuen Dingen entgegen, die sich unweigerlich entwickelten.

Shuyo stand zwar auf dem normalen Boden. Er dachte nur nicht mehr daran, daß unter seinen Sohlen noch die Schmierseife klebte. Beim nächsten Schritt merkte er dies sehr drastisch: Mit dem rechten Bein zuerst rutschte er weg. Er schleuderte es in die Höhe, sein Spagat war bestimmt nicht freiwillig. Das Bein wurde immer länger. Sein Fuß geriet erst ins Stoppen, als er mit der Sohle gegen einen der Teppiche stieß.

„Willst du nicht aufstehen?“ fragte Alfred.

Shuyo drehte sich schwerfällig um. Man hatte ihm übel mitgespielt, sein Gesicht zeigte Wut und Zorn. Alfred rechnete damit, daß er eine Waffe ziehen würde und war deshalb schneller.

Plötzlich hielt er eine schwarze Pistole in der Hand. Sie besaß einen sehr langen Lauf, eigentlich ungewöhnlich für eine Pistole.

„Na, was ist?“

Shuyo spreizte die Arme.

Da schoß Alfred.

Es wurde ein Volltreffer. Aus der Waffe jagte ein Pfeil, auf dem vorn ein Gummipfropfen steckte. Daß Alfred zielen konnte, sahen auch die beiden Jungen, denn der Pfropfen landete genau auf der Stirn des Japaners, der vor Schreck nicht wußte, was er noch unternehmen sollte, und aussah wie ein menschliches Einhorn.

„Gib auf!“ sagte Alfred.

„Nie!“

Shuyo sprang hoch. Diesmal zog er eine Waffe. Es war ein langer Dolch, fast schon ein Schwert, jedenfalls ein widerliches Ding, und Alfred sprang zurück.

Shuyo lachte, hob den Arm nach hinten, da hatte er genau die Stelle erreicht, an der Alfred ihn haben wollte.

Von der Decke fiel etwas herab.

Es war ein schweres Fischernetz, und es fiel genau in dem Augenblick über Shuyo zusammen, als dieser die Waffe schleudern wollte. Sein Arm bewegte sich noch nach vorn, er ließ den Dolch auch los, da verfing sich die Hand bereits in den Maschen.

Aus dem Wurf wurde nicht mal ein Würfchen. Der lange Dolch kippte nach vorn weg und blieb auf dem Boden liegen.

„Es geht weiter!“ rief Alfred.

Er hatte den langen Nachmittag gut genutzt und einen Flaschenzug angebracht. An seinem Haken hing das Netz. Als Alfred an der einen Seite zog, geriet Bewegung in das Netz. Zudem half Shuyo noch mit. Er wollte sich unbedingt befreien,

werkelte mit beiden Armen, kam aber nicht durch, verstrickte sich nur noch mehr in den Maschen.

Das Netz zog sich zusammen, und der Japaner zappelte in ihm wie ein Fisch. Seine Füße verloren den Kontakt mit dem Boden. Alfred zog und zog. Shuyo hockte gefangen in den Maschen wie ein Häufchen Elend und wurde in die Höhe gezerrt. Erst als er sich dicht unter der Decke befand, stoppte Alfred den Flaschenzug.

„Wirklich nett, dich da zu sehen!" sagte er und grüßte lässig.

Shuyo gab keine Antwort. Er platzte fast vor Wut, ebenso wie Kway, der noch immer an der Türklinke festhing. Alfred ging auf Nummer Sicher und nahm ihm das Schwert ab.

Beide Waffen legte er zur Seite. Dann schaute er die Treppe hoch, wo die Jungen alles mitbekommen hatten.

„Mann, das war eine irre Schau!" rief Randy. Er wollte die Stufen hinunter, doch es kam alles anders.

Alfred, er und Turbo hörten den Schrei aus Randys Zimmer.

„Ela!“ brüllte Randy. „Wir haben den dritten vergessen! Mein Gott...“

Der „Diener“ wurde zu einem menschlichen Tornado. Er jagte mit Riesensätzen die Stufen hoch. Genau in dem Moment, als in Randys Zimmer eine Scheibe zersplitterte und Biene anfing zu bellen...

*

Michaela gehörte nicht gerade zu den Mädchen, die immer folgsam sind und gehorchen. In diesem Fall jedoch war es besser für sie, daß sie im Zimmer blieb.

Sie drückte ihren Freunden und Alfred die Daumen. Zum Glück hatten die beiden die Tür nicht geschlossen. Michaela konnte wenigstens hören, was in der Halle geschah, nur gelang es ihr nicht, sich aus den Geräuschen einen Reim zu machen.

So blieb sie weiterhin auf dem Bett hocken, streichelte ihren Hund und fror manchmal, wenn ihr wieder ein Schauer über den Rücken lief. Sie wußte auch, wie gefährlich diese Japaner waren. Gegen diese ausgebildeten Kämpfer hatten Randy und Turbo keine Chance, aber es gab noch Alfred.

Er hatte ja nicht viel erzählt. Dennoch glaubte sie, daß er einiges in der Hinterhand hielt.

Ihr Blick glitt auch zum Fenster. Draußen war die Dämmerung von der Dunkelheit abgelöst worden. Sie hüllte die Umgebung ein wie eine tiefblaue Tinte.

Im Gegensatz zum vergangenen Tag war der Himmel wieder wolkenfreier geworden. Innerhalb des Fensterausschnitts entdeckte das Mädchen zahlreiche Sterne und auch einen Halbmond, der wie ausgeschnitten aussah.

Die Hündin lag neben Ela und starrte zur Tür. Sie gab plötzlich ein leises Knurren von sich.

„Was ist denn, Biene?“ flüsterte Ela. „Sei doch ruhig, ich bin bei dir.“ Sie hob den Rauhhaardackel an und drückte ihn gegen ihre Brust.

Doch Biene wollte sich nicht beruhigen. Sie knurrte weiter und versuchte sogar, sich aus dem Griff zu befreien. Dabei strampelte sie wild mit ihren Pfoten, was Ela komisch aufstieß, denn das war sie von ihrem Hund nicht gewohnt.

Sie setzte ihn ab.

Biene lief sofort weiter und blieb unter dem Fenster stehen. Sie hob den Kopf, erst jetzt schaute auch Ela hin – und erschrak fast zu Tode.

Hinter der Scheibe zeichnete sich das Gesicht des dritten Japaners ab. Auf seinen Lippen lag abermals dieses diabolische Grinsen. Er hatte die rechte Hand zur Faust geballt und rammte sie vor.

Die Scheibe zersplitterte.

Michaela schrie laut und gellend. Der Japaner drückte seinen massigen Körper in den Raum. Dabei störte es ihn nicht, daß ihn ein Hagel von Splittern begleitete.

Michaela konnte sich nicht rühren. Sie saß auf dem Bett wie eine Holzpuppe. Auch Biene spürte, wie gefährlich dieser Mensch mit dem bleichen Gesicht war, der sich einfach nach vorn hatte fallen lassen, sich noch in der Luft drehte und mit der Schulter zuerst aufkam, wobei er sich geschickt abrollte, dabei noch Schwung bekam und mit einem geschmeidigen Sprung auf den Beinen stand.

Er und Ela starrten sich an.

Das Mädchen konnte sich nicht rühren. Noch nie in ihrem Leben hatte Ela einen Menschen vor sich gesehen, der ihr so eine gewaltige Angst einflößte. Ein Gesicht, das weiß schimmerte, der Mann selbst wirkte wie ein Roboter oder ferngelenkt.

Er verkörperte das Böse!

„Wo ist es?“ fragte er in gebrochenem Deutsch. „Wo ist das Schwert? Ich will es haben!“

Ela gab keine Antwort. Sie schüttelte nur den Kopf. Biene hatte sich hinter ihrem Rücken verkrochen.

Wieder grinste der hühnenhafte Japaner. „Ich werde deinem kleinen Hund den Kopf abschneiden, wenn du mir nicht sagst, wo ich das Schwert finde.“

„Ich... ich...“

Ela sprach nicht weiter, weil der Mann vor ihr auf einmal mit dem Arm hinter seine Schulter langte und aus der für Ela nicht sichtbaren Nackenscheide ein Schwert hervorzog.

„Soll ich ihm . . .“

„Gar nichts wirst du, du Mistkerl!“

In der Tür stand Alfred!

Alfreds große Stunde

Ganz plötzlich war Michaela für Minos einfach uninteressant geworden. Der unheimliche Mensch hatte nur mehr Augen für Alfred, der deutlich keine Schlag-, Stich- oder Schußwaffe in den Händen hielt. Er hatte nur beide Hände zu Fäusten geballt.

In den blassen Augen des Japaners begann es zu funkeln. „Wenn sie es mir nicht sagen will, dann wirst du es eben tun!" Seine Klinge zuckte so schnell vor wie der Kopf einer angreifenden Klapperschlange, aber er stach nicht zu. Etwa eine Handbreit vor Alfreds Brust kam die Spitze zur Ruhe.

Alfred senkte den Blick. Gleichzeitig hob er die Arme. Hinter ihm schielten Randy und Turbo um die Türecke. Auch sie wagten nicht, irgend etwas zu unternehmen. Keiner von ihnen wollte Ela oder Alfred in Gefahr bringen.

„Ich warte nicht mehr lange!"

„Was willst du mit dem Schwert?" Auch als die tödliche Klinge auf ihn gerichtet war, behielt Alfred die Nerven.

„Ich muß es haben!"

„Nein, dein Chef!"

„Ihm werde ich es bringen. Es gehört ihm!"

„Ich habe anderes darüber gehört. Er will es der Familie Toshikiara wegnehmen, die es seit Jahrhunderten besitzt."

„Zu Unrecht!"

„Das glaube ich nicht."

„Ich werde dich töten, wenn du das Schwert nicht hergibst!" versprach Minos.

Alfred schaute in das ausdruckslose Gesicht mit der blassen Haut, die sich dünn über die Knochen spannte. Dann nickte er. „Du hast gewonnen, ich werde es dir geben."

„Sofort!"

„Sicher!" Alfred räusperte sich. „Darf ich mich bewegen?"

„Warum?"

„Ich möchte es holen!"

„Nein, du nicht, ein Kind!"

Als er das gesagt hatte, erschrak Ela zutiefst. Alfred spürte die Angst des Mädchens und beruhigte es.

„Keine Sorge, du weißt ja nichts. Turbo!"

Diesmal zuckte Turbo zusammen. Er schaute Randy an und flüsterte: „Was soll ich denn machen?"

„Ihm gehorchen."

„Und dann?"

„Warte ab."

Turbo hatte weiche Knie bekommen, als er vorging und die Schwelle zu Randys Zimmer überschritt. Seine Kehle fühlte sich an wie ausgedörrt, im Magen lag ein dicker Klumpen. Vorsichtig schaute er sich um. Minos wollte er nicht ansehen, er streifte auch die totenblasse Michaela nur mit einem Blick und nickte Alfred leicht zu.

„Hole es!"

Turbo senkte die Lider. Er hatte gesehen, daß ihre Chancen äußerst gering waren, wenn nicht gleich Null. Dieser unheimliche Mann würde alles tun, um die Waffe zu bekommen.

„Ja, ich hole sie."

Auch Minos ließ den Jungen nicht aus den Augen, als dieser sich vor dem Bett bückte.

Biene zog sich zurück. Die Hündin verspürte Furcht. Sie knurrte nicht einmal, war ganz still.

Turbo streckte die Arme aus. Niemand sah die Tränen in seinen Augen. Mit ihm hatte es begonnen, mit ihm würde es enden. Er bekam den „Geigenkasten" zu fassen und zog ihn unter dem Bett hervor.

Als Minos dies sah, bewegten sich seine Augen. Wieder zog sich der Mund zu einem Grinsen in die Breite. Jetzt befand er sich nur mehr einen Schritt von seinem großen Ziel entfernt.

Ela rückte zur Seite, weil Turbo den Kasten auf das Bett stellte und ihn öffnete.

Mit vor Aufregung und Furcht zitternden Händen hob er das Schwert aus dem Samtbett, legte es auf seine Unterarme und drehte sich dabei.

Minos war zufrieden. Sein Nicken deutete dies an. „Stell es unter das Fenster!"

Turbo spürte die Augenpaare auf sich gerichtet, als er die wenigen Schritte ging. Der Angstschweiß rann ihm über das Gesicht und beinahe noch in die Augen.

Unter dem Fenster lehnte er die Klinge gegen die Wand. Die Spitze drückte in den Boden.

Wie einen Augapfel hatte er es gehütet, nun war die andere Seite doch stärker gewesen.

„Geh wieder weg!"

Turbo lief rückwärts. Seine Lippen zuckten. Die Pupillen wirkten wie blasse Kreise.

Auch Minos bewegte sich. Er ging genau die Anzahl von Schritten rückwärts, die nötig waren, um in die Nähe des Schwertes zu gelangen. Dabei zeigte seine Klinge nach wie vor auf Alfreds Brust.

Der hatte noch immer die Hände halb erhoben und sie zu Fäusten geballt. Er ließ den anderen keinen Moment aus den Augen. Minos hatte endlich sein Ziel erreicht. Er stand mit dem hochkant aufgerichteten Schwert in einer Höhe, bückte sich jetzt und streckte den freien Arm aus, um es greifen zu können.

Er war abgelenkt, und darauf hatte Alfred gewartet. Seine Arme zuckten vor, die Fäuste öffneten sich, er schleuderte etwas zu Boden, schloß selbst die Augen, und plötzlich explodierte der Raum in einem grellen Licht...

*

Alfred hatte zwei Blendgranaten geworfen, die sich noch in seiner Trickkiste befunden hatten.

Keiner konnte etwas sehen. Er hörte das Heulen des Japaners, und er selbst wußte genau, wie die Granaten wirkten.

Geduckt lief er auf das Fenster zu, packte Turbos Schwert und rollte sich damit über den Boden, während er die Kinder anschrie, das Zimmer zu verlassen.

Alfred wußte genau, wie lange das Licht „stand". Alles war bei ihm genau ausgerechnet. Nie länger als fünf Sekunden, und er hatte die Augen geschlossen gehabt.

Jetzt öffnete er sie wieder.

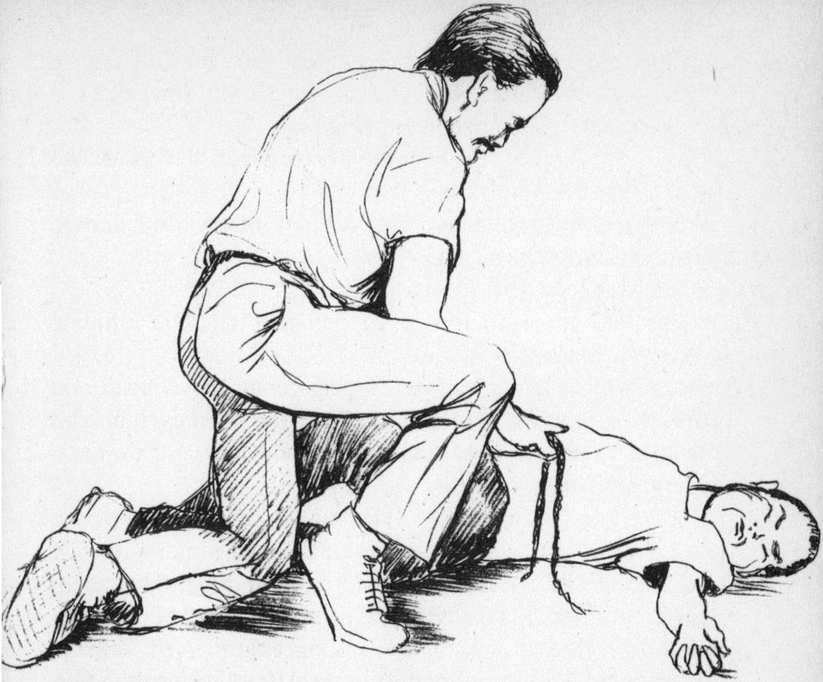

Alfred befand sich in der Höhe des Betts. Im Gegensatz zu Minos konnte er sehen, und es bereitete ihm Freude, was er da erblickte.

Den Japaner hatte es voll erwischt.

Er dachte nicht mehr an seine Beute. Er stand da, hatte beide Arme erhoben und rieb seine Augen, in denen es, das wußte Alfred, unheimlich brennen mußte.

Tränen stürzten über das Gesicht des Mannes. Er hatte seine Umgebung vergessen, kümmerte sich allein um sich selbst. Es war eine Lage, die Alfred einfach ausnutzen mußte.

Er ging auf ihn zu. Schon während des Laufens holte er aus. Alfred konnte Karate. Er wußte auch, wie man einen Menschen für eine Weile schlafen legte.

Sekunden später sackte Minos zusammen. Damit er sich nicht den Kopf aufschlug, fing Alfred den schweren Mann auf und legte ihn neben dem Bett zu Boden.

Aus der Tasche holte er dünne Stricke. Er wollte Minos fesseln. Sicher war sicher.

Dann ließ er sich auf das Bett fallen und atmete zunächst tief durch. Es hatte geklappt, die drei Japaner waren nicht durch Gewalt, sondern mit List und Tücke überwältigt worden.

Alfred grinste vor sich hin. Nur gut, daß er von seinem ehemaligen Job so wenig vergessen hatte. Sein Grinsen wurde zum Lachen, als er die drei Freunde sah, die weinend den Raum betraten.

„Was ist? Warum weint ihr denn? Es ist alles vorbei. Ihr könnt euch freuen."

„Ha, ha", sagte Randy schluchzend. „Wenn du es genau wissen willst, Alfred, das sind auch Freudentränen."

„Dann bin ich ja beruhigt."

*

Noch in der Nacht wurden die drei Japaner der Polizei übergeben. Den wahren Grund ihres Eindringens hatte Alfred verschwiegen, der ging keinen Fremden etwas an. Für die Beamten waren die Japaner normale Einbrecher. Allerdings wunderten sich die Polizisten doch, daß ein Dieb an der Tür festklebte und der andere in einem Netz unter der Decke hing.

„Sie haben sich eben den falschen Zeitpunkt ausgesucht", meinte Alfred. „Wir hatten hier ein Spiel vor, wissen Sie."

Der leitende Beamte schaute Alfred mit einem Blick an, der besagte, daß er ihm kein Wort glaubte.

„Das hat bestimmt noch Konsequenzen für Sie. Außerdem, wie bekommen wir den Kerl von der Türklinke weg."

Alfred schaute auf die Uhr. „Das Zeug löst sich in wenigen Minuten auf. Es ist ein Spezialleim."

„Und der glatte Boden?"

„War Schmierseife."

Die Freunde hatten zugehört. Sie konnten sich ein Grinsen nicht verkneifen, als sie das bitterböse Gesicht des Einsatzleiters sahen. Es war für den armen Mann auch schwer, all die Dinge zu glauben und richtig einzuordnen.

Sicherheitshalber hatten sie noch Kommissar Hartmann angerufen. Er hatte schon im Bett gelegen, aber versprochen, noch im Laufe der Nacht vorbeizuschauen.

Das sagte Alfred auch den Beamten. „Sie werden nämlich Schwierigkeiten mit den Japanern bekommen, meine Herren. Es sind Ausländer und Angestellte eines Konzerns. Man wird Kautionen stellen, nehme ich an, aber darum sollen sich andere Kollegen kümmern."

„Das ist gut."

Gegen Mitternacht verließen die Polizisten mit den drei Japanern das Haus. Alfred und seine jungen Freunde standen draußen und schauten zu, wie die Gefangenen in den grünen Transportwagen stiegen. Sie hielten die Köpfe gesenkt, auch Minos, der zum Schluß ging und rotverweinte Augen hatte.

Als Biene ihn sah, fing sie an zu bellen. Minos drehte sich um. Er sah Alfred an, danach die Kinder. In seinem Blick lag eine Kälte, die schon grausam war.

Fünf Minuten später war der Spuk vorbei. Im Haus wurde die Schmierseife gemeinsam aufgewischt, dann schlug Turbo vor, noch eine Kleinigkeit zu essen.

„Hast du schon wieder Hunger?" fragte Ela.

„Nein, das nicht, aber wir wollen doch feiern. Da gehört auch ein Essen dazu, finde ich."

„Und was möchtest du haben?"

Turbo grinste etwas verlegen und wollte nicht mit der Sprache heraus.

„Komm, sag schon!" drängte Randy.

„Ich habe in Japan bereits von diesem Gericht gehört. Es soll euer Nationalgericht sein..."

„Kennst du das, Alfred?"

„Nein, da gibt es verschiedene."

Turbo stand auf. „Ihr könnt es euch ja überlegen. Ich bin gleich wieder zurück."

„Der ist ja komisch", sagte Ela. „Was meint er wohl mit dem Nationalgericht, das sogar in Japan bekannt ist?"

„Erbsensuppe", sagte Randy.

„Kann auch Sauerkraut mit Eisbein sein."

„Oder Grünkohl mit Mettwurst."

„Vergiß die Bayern nicht", sagte Alfred. „Die haben auch noch etwas zu bieten."

„Wir lassen uns jedenfalls überraschen", meinte Randy, der aufstand, weil Turbo die Küche betreten hatte und sein Schwert mitbrachte. „Was willst du denn damit?"

„Es abgeben."

„Was?" schrie Randy und schaute sich um. „Das ist doch nicht möglich. Du hast darum gekämpft wie ein Löwe, und jetzt willst du es abgeben?"

„Nur in Verwahrung."

„Wer soll es bekommen?"

„Ich glaube, es gibt nur einen unter uns, bei dem es sicher ist. Alfred, bitte sehr."

Da war der gute Alfred überrascht. „Ich?" flüsterte er. „Was soll ich denn damit anfangen?"

„Nur aufbewahren. Oder willst du es nicht?"

Alfred lachte. „Doch, doch, es kommt nur so plötzlich."

„Nimm es, dann bin ich beruhigt."

„Okay, das hätten wir jetzt abgehakt", sagte Randy. „Da ist aber noch ein Problem. Du bist uns eine Antwort schuldig, was das Nationalgericht der Deutschen angeht."

„Wißt ihr das immer noch nicht?"

„Nein!" rief auch Ela.

„Dann sage ich es euch." Turbo nahm Platz, er machte es noch spannend. „Das Nationalgericht der Deutschen ist Currywurst mit Pommes..."

„Das Nationalgericht der Deutschen ist Currywurst mit Pommes..."

„Uaaaahhhh, ich glaube, meine Oma geht mit Elvis!" stöhnte Randy. Auch Michaela schlug die Hände über dem Kopf zusammen, während Alfred grinste.

Turbo verstand die Reaktionen nicht. „Wieso? Habe ich unrecht?"

„Nein", erwiderte Alfred lachend. „Du hast recht, jedenfalls aus deiner Sicht."

Eine Pause entstand, denn Alfreds Gesicht hatte urplötzlich